反熵

胡刚刚 著

天津出版传媒集团
百花文艺出版社

图书在版编目（CIP）数据

反熵 / 胡刚刚著 . -- 天津 : 百花文艺出版社 ,
2025. 5. -- ISBN 978-7-5306-8957-8
Ⅰ . I267
中国国家版本馆 CIP 数据核字第 2024GU3867 号

反熵

FANSHANG

胡刚刚　著

出 版 人：薛印胜
责任编辑：王　欣　　**特约策划：**苏爱丽
装帧设计：马　佳　　**排版制作：**刘　怡
出版发行：百花文艺出版社
地址：天津市和平区西康路 35 号　**邮编：**300051
电话传真：+86-22-23332651（发行部）
+86-22-23332656（总编室）
+86-22-23332478（邮购部）
网址：http://www.baihuawenyi.com
经销：全国新华书店
印刷：三河市龙大印装有限公司
开本：710 毫米 ×1000 毫米　1/16
字数：120 千字
印张：13.75
版次：2025 年 5 月第 1 版
印次：2025 年 5 月第 1 次印刷
定价：68.00 元

如有印装质量问题，请与三河市龙大印装有限公司联系调换
地址：河北省三河市洵阳镇兰各庄村
电话：（0316）3655788
邮编：065299

目 录

Chapter Ⅰ 第一章

反 熵

反　熵

多足亚门

我年幼时无条件尊重长者，认为他们比我有知识、有阅历、有涵养。长大后，我越发觉得这个想法像苍蝇拍，不仅上面有“漏洞”，还让我吃了不少苍蝇。“年长”并非拥有人格魅力的充分条件，倒有可能成为霸凌者的利器——长枪舞动火焰状的马尾，打着热烈柔情的幌子，不等猎物有所察觉，冰冷的枪尖已完成将猎物身首异处的使命。

“打是亲，骂是爱。你是好苗子，需要高标准、严要求。”奶奶开导我的耳语中加大剂量的温柔令我不安，仿佛天平分度盘上的指针被特许额外拨动一次，随着力矩的变化，横梁在暗中倾斜，亲和爱涌向表姐，打和骂留给我。童年回忆的成分表上，每24小时内“恐惧”含量显著，在明白自己充当了家族成员之间斗争的出气筒之前，我以为我是导致妈妈与姑妈之间不可调和矛盾的元凶，默认不配拥有微小的友善，我唯唯诺诺地说贴心话，战战兢兢地做乖孩子，不惜预支了竭尽全力也只能间歇性摆脱讨好型人格的半生，只求换来奶奶和姑妈的认可，可惜最后换来的是更多他人的无视，还有更少的自我认可。

“哎哟喂，我的小祖宗，这宝贝值钱着呢，你碰坏了赔得起吗？”姑妈类似轻微感冒的假声打着转儿，不紧不慢、不温不火、不阴不阳地击中我，像来去无常的闪电，吓得我一激灵，从沙发上弹起来，三步两步退到墙角。第一次近距离观察小提琴，我着迷它旋涡状的琴头、如泉水润过的侧板和八字胡一样的音孔，强烈的陌生感在某种程度上压制了我触摸它的好奇心，可我不敢辩解。姑妈斜睃了我一眼，让表姐去隔壁屋练琴。表姐想跟我玩，我也想跟表姐玩，但姑妈的命令不容违抗。“妈妈，今天是大年二十九……”表姐跟姑妈磨叽的时候，奶奶走过来给姑妈助阵。不一会儿，表姐用这件宝贝制造出来的介于弹棉花和哭腔之间的噪声盖过了电视里动画片的声音，我不敢把音量调大，更不敢暴露百无聊赖的神态。难得拜访一次奶奶和姑妈，我不想刚进门就被赶走，因为我不想回到那个让我害怕的家。

家里，几小时前，爸爸妈妈刚结束一场激战。确切地说，父母和我被奶奶扫地出门之前的每一个春节都是我的噩梦。妈妈为了阻止爸爸给奶奶拜年使出浑身解数，我看到满屋横飞的餐具、天女散花般的碎纸屑、火腿罐头在圆木桌上砸出的凹坑、墙上抽象画风格的水渍……妈妈声嘶力竭地冲爸爸吼道："迈出这扇门就别再回来！"我抱住爸爸的腿不让他走，但被他一把推开，摔了个屁股蹲儿，还带倒了椅子。妈妈上来连抽我几个耳光，警告我越哭，她就打得越狠。我多想让自己即刻"静音"啊，可在缺氧状态下，我无法控制地大口吸气，每吸一口就会发出更嘹亮的哭声，也会挨更重的一巴掌，直到邻居叔叔把我接到他家避难。叔叔给我摆出了好多玩具，我心神不宁，不敢触碰，只是侧耳倾听窗外此起彼伏的鞭炮声……好像疯狂拧紧大地的发条企图改良整个寒冬的咏叹调。

在我看来，鞭炮是向死而生的代表，它容纳了古老与现代、神话与科技，它的"爆炸"体现出它以"除旧布新"为导向的破釜沉舟，它的诞生只为成全驱邪式的自我毁灭。形似多足亚门节肢动物的长腰在舞台特效烟雾的烘托下段段截肢，鞭炮孤傲而坚定地完成了视觉与听觉范畴的谢幕，但人们依然知道它的存在——那是硫、炭等混合物燃烧后产生的刺激性气味。草木知威，面对鞭炮轰天裂地的绝唱，我相信没有恶魔胆敢逗留，包括如影随形的心魔。

邻居叔叔家里遍布着我未曾体验过的慢节奏的安宁，连鞭炮声都被滤掉了饱含震慑力的低音区，我甚至能听到自己加速的心跳……无边的无助感扼住我的咽喉，结构和机能尚未完善的大脑难以辨别恐惧袭来的方向，即便抵押了全部精力，也赎不回廉价的安逸，我明白独立是自由的根底。我什么时候能徒手驱散比恶魔还要可怕的无助感呢？或者至少能把无助感控制在一个合理区间内？我感到自己像腐殖土中苟活的少足纲动物，柔软的感光器官被最轻量级的碎末狠狠按下，低等，软弱，迟缓，不配被生物学家命名——我到底要掌握多少学识、积累多少胆识，才能凑齐两个氢原子和一个氧原子，为墨染的进阶之路铺出一个微乎其微的水分子？

螯肢亚门

我出生的年代物质并不匮乏，可对物质匮乏的恐慌已根植于长辈的言行举止中。摇尾乞怜、声东击西、偷偷摸摸、正话反说……似乎每种不足挂齿的资源都值得巧取豪夺。姑妈若喜欢妈妈身上的衣服，便会不停地说“你穿着它真难看”，直到妈妈开口“那我不穿了，给你穿”。奶奶若喜欢妈妈身上的衣服，便会不停地说“你的衣服真好看”，直到妈妈说“既然你喜欢，就送给你”。有一次，奶奶悄悄穿走了妈妈唯一的外套，妈妈急着上班，找不到外套差点儿误了公交车，奶奶坚持说自己穿错了，不过这一错，外套顺势就归了姑妈，再也没还回来。每次走进奶奶家，看到老保姆忙着给抽屉上锁、给储物柜上锁、给食品箱上锁，甚至给冰箱上锁，我都觉得她们防我如防江洋大盗。我向奶奶和姑妈求证自己不受欢迎的原因，她们语气夸张的“谁不爱你”令我疑惑，而我不敢反驳。我的要求很低，一颗糖就可以将我安慰，但我得到的总是裹着糖衣的毒药。

“……为什么是她？她老给我买零食！我那么尊敬她，她却暗地里害我！”朋友向我诉苦。几个月前，她入职一家自媒体公司，负责带她的“师父”告诉她每天的任务是编辑三篇文案，她奉命唯谨，却在两周后遭到辞退，理由是她的工作效率太低，每天编辑的文案数量不到其他同事的一半，告状者正是她“师父”。她如雷轰顶，跑去质问，没想到“师父”不以为然：“我的意思是让你慢慢来，你怎么拉不出屎怪茅坑，听不懂话赖同事呢？”

阅历是一把双刃剑，你身边慈眉善目、经验丰富的长者是贵人还是小人？我们眼中的琴心剑胆也许是口蜜腹剑。涉世未深的口唇崇尚诚恳，不用迂回战术的解法常常为明天交上错误答卷。一个大学毕业生刚办完入职手续，同组前辈过来嘘寒问暖，问他为什么选择这个与他所学专业相去甚远的行业？他随意回答的“我先干着”，下一秒便被前辈改造成“他马上就要跳槽”并报告给上级。职场新人被主管约饭，佳肴美馔，杯酒言欢，主管对他家人体贴入微的问候令他感动不已，他析肝沥悃，袒露自己不仅是全家的经济支柱，还要照顾缠绵病榻的双亲……不经意间暴露的软肋正中主管下怀。沦为事故的故事不胜枚举，道德教育中的“敬老尊贤”令我们在无形之中将长辈所言视为纶音佛语，然而，假如我们不能把丛林法则运用于生活，那么自卫之剑就不能像水流一样随着我们打开龙头的动作而及时出鞘，这意味着我们身上一切有关纯洁的特质将被洗劫一空，木已成舟时，才悔悟楚凤称珍，更可悲的是，盲从的人就算见到棺材也不认为打造它的手就长在自己身上。

有些人认为自己有知识、有阅历、有涵养，就有了争夺资源的资本，就可以随意启动两面三刀的程序。是什么力量推动着基因的演化，让人们自觉背负起一重又一重生存压力并不假思索地为之拼杀？教育资源、住房资源、医疗资源……即便移民海外，不少人仍习惯性地把身边的同胞当作资源竞争者，不要说面和心不和，不背后捅刀子已是大恩大德。

“打是亲，骂是爱”是诡辩者施虐前屡试不爽的开场白。想象力大爆发的童年，每列思维的微波都在我头脑里海啸般地演绎。天马行空的剧情里，我化身为鲎——一种靠死亡率很高的蜕皮方式成长的蓝血节肢动物，隶属螯肢亚门。鲎最早出现于四亿多年前，与它同时代的动物大都进化或灭绝，而它依然保留着最初的样子，因此获名“活化石”。鲎具有“侧抑制”现象的复眼能够使动态图像加倍清晰，于是，我眼中的“我爱你”有了别样的含义：

你从我肉身中摘取骨笛
吹奏“幻境之香”，以实词虚构三连音
悠然解锁。九重尘雾里，丹紫烟火刹那坍缩
幼鲎挥舞团扇亮剑。阵痛，剖割海的轮廓

小小梵神无畏幽蓝，无畏蜕变，无畏修罗场
无畏敌手是色盲。你问我为何爱黑胜过白？

想，心却不属于我，胸前绽裂远古的伤：
“狭义纯洁看初态，广义纯洁看初态能否更改”

我生长，参悟，涅槃，重塑。挑战你
冷如废铁的渴仰。你的露水情
是我形而下到形而上的
逆向修行

鞭炮声被越来越矮的斜曛稀释得东零西碎，像除不尽的商，小数点后绵延不断的尾巴沿着省略号钻进余霞的微光，这是入夜前短暂的宁静。爸爸妈妈重归于好，把我从邻居叔叔那儿接回家。我帮妈妈收拾“战乱”后一片狼藉的屋子，一本标题奇特的书掉到地上——《反熵·生命意识·创造》。我拿起来翻看，问妈妈书名的第二个字读什么，是什么意思。我没懂她的诠释，但我记住了导论开篇的一句话：“局限在一个领域里是根本解决不了问题的。”

甲壳亚门

我七岁那年，爸爸云淡风轻地撂下一句“能者取材于社会”之后，带着妈妈和我从奶奶家净身出户。姑妈如愿以偿地独霸了她致力多年拼争的、足以让她终生锦衣玉食的家产。我与父母像被一篇正在撰写的小说抛弃的语素，在不可分割的语法单位里相依为命，每个倔强的字都不能被替换。

这不是一个赞颂清高的年代。胜者为王，败者为寇，爸爸的傲骨使我们活得无比艰辛，没有革命者的悲壮，只有破落户的悲凉。丢了壳的蜗牛变不成蛞蝓，初步觉醒的生命意识不足以支撑它去塑造明天的形状，面前的路，一条生死未卜，另一条必死无疑，它别无选择。英国一所大学的研究人员曾用甲壳亚门的代表——寄居蟹做过一个实验，以验证其对痛感的反应。人们在一群寄居蟹的壳上钻孔并插入电线，用弱电流刺激它们的腹部，当即就有寄居蟹冒着生命危险离开了壳。电刺激停止后，人们在剩余的寄居蟹附近放上新贝壳，许多寄居蟹毫不迟疑地冲向新贝壳，这说明电刺激给它们留下了九回肠断的阴影，让它们觉得旧壳不值得留恋。

很长一段时间，我们居无定所。有时候，妈妈把我送到她的朋友王阿姨家过夜。我躺在床上努力捕捉从客厅飘来的模糊、断续的聊天声，我知道妈妈想等我睡着后再走，也知道第二天她会来接我，可我就是睡不着，生怕聊天声戛然而止，妈妈从我身边走远，只留给我一片黑暗，一片除了黑暗以外什么都没有的黑暗。有时候，我们住在好心人腾出的半个储藏室里。储藏室里没有窗户，只有老鼠，我睡在水泥墙边的木箱子上，一不小心就会滚落到箱子和墙的夹缝中，蹭一身蜘蛛网和灰尘。

很长一段时间，妈妈夜夜以泪洗面，对录音机低诉被姑妈不公对待的往事，我从磁带回放中略知一二：妈妈体弱，两度怀孕都被姑妈散播的谣言“不知弟妹怀了谁的孩子”气到流产，最后好不容易怀上我，争分夺秒地住院保胎，一躲三个月，没想到出院没几天就卷入了姑妈策划的“家庭斗争会”。姑妈痛批妈妈进家门先去看自己养的吊兰，没及时向各位家庭成员“请安”。那盆吊兰是妈妈的挚爱，给吊兰浇水是妈妈住院期间对家人唯一的叮嘱，奈何单声道的呐喊不敌全套环绕声系统的装聋作哑，吊兰枯萎在无人问津的时刻。姑妈让老保姆在厨房柜子下面撒很多硬币，然后让妈妈收拾厨房，收拾完后，姑妈再检查硬币数量，以便随时向奶奶揭发妈妈贪财，可惜此计迟迟未能得逞。接着老保姆下令不准父母再上桌吃饭，爸爸一言不发，妈妈只好在卧室床边支起煤油炉给爸爸做饭，他们被赶下饭桌那天，姑妈在他们卧室门口来回走动，边走边唱歌，用她类似轻微感冒的假声打着转儿，得意扬扬地唱了很久。我出生后，姑妈教唆老保姆给爸爸妈妈树立新规：增加每月上交给家里的工资数额，这样她们才愿意考虑改善对我的态度。姑妈不断利用老保姆布阵设局，前脚对爸爸妈妈下完逐客令，后脚便卸磨杀驴。老保姆恍然大悟，但悔之晚矣，卷铺盖走人之前向妈妈坦白了一切。

我不禁想起《果壳中的宇宙》里提到过，一根头发在肉眼下是一维的线，在显微镜下却呈现出三维的管道，若真有功能超强的显微镜，我们完全可以在这根头发里看到四维、五维甚至十一维空间。不知道螺蛳壳里做道场的姑妈设计出了多少个维度的方案，才会让周旋于三间卧室内的“十年战役”打得如此荡气回肠。从分桌到分家，再到断绝来往，经过他人几轮转述，诸多细节已丢失，但毋庸置疑的是，姑妈对妈妈的侮辱、奶奶对姑妈的放任，以及爸爸恪守“百善孝为先，好男不和女斗”的信条，一步步把妈妈逼得忍无可忍。爸爸至今坚信他自始至终的沉默是对妈妈最大的保护，因为他没有附和长亲对妈妈的诬蔑。可在我看来，他的不表态非但不是无声的抗议，反而是对姑妈行为的默许，他强调的血缘至上是我眼里的愚孝，他追求的豁达大度是我眼里的懦弱。见我愤愤不平，爸爸旁敲侧击：“格局够大，才容得下建议。”究竟是怎样的格局造就了我的矛盾体爸爸？从“不屈不挠”到“唯命是从”的无缝切换，取决于奶奶和姑妈这两个移动终端。爸爸抛却尊严的顺从超越了妥协，若单纯解释为“对古训教条式地实施”似乎站不住脚，除非他有从绝对献身中才能获得价值感的受虐倾向，可若真如此，他又怎么肯另起炉灶，转型做全方位的生活主宰者呢？

直到有一次，我聊起职场打拼中稍不留意就会坠入“难言拒绝”的旋涡，为了事不关己的请求加班加点，还要小心翼翼地掩饰不满。爸爸承认他亦如此，尤其年轻时，每时每刻都怕奶奶生气，怕姑妈生气，怕老保姆生气，以至于他什么都不敢说，什么都不敢做。我恍然大悟，原来讨好型人格是爸爸安内的底层驱动。“这种行为模式的缺陷需要花费精力去克服，平时最好要……”看我煞有介事，准备复述心理学读物普及大众的解决方案，爸爸哈哈一笑打断我：“我是你爸，你能把我怎样？”

子女认知水平的天花板通常来自父母，父母多数有局限而不自知，即使看出端倪也很难给出实质性建议，好比大螃蟹对小螃蟹的“横行霸道”束手无策。爸爸走出家门的举动从消极层面上说，是回避冲突；从积极层面上说，是放手一搏并且博得了让奶奶刮目相看的社会地位。不管爸爸是否承认他的决绝受迫于讨好型人格，他的另辟蹊径确实拔高了他某些方面的认知。那么我呢？若我突破了父母的认知壁垒，我的认知不一定会超过他们，但若我不突破，我的认知一定不会超过他们。

年幼的我尚不理解妈妈受的伤有多深，但我记得一个伤我至深的片段：一天放学回家的路上，我看到奶奶出现在街角，张开双臂，微微弓腰迎接我。与我并排走的小伙伴有些意外，轻轻推我："你奶奶怎么来了？快去吧！"我以为自己在做梦，犹豫不决却不知不觉加快了脚步，渐渐看清奶奶脸上从未对我绽放过的笑容。我鼓起勇气伸出双手迎合她的拥抱，在离她只有几步远的时候，"姥姥！姥姥！"身后传来表姐的呼唤，幸福感满满的呼唤声由远及近，表姐飞奔着擦过我肩膀，一头扑进奶奶怀里。奶奶抱着她亲了又亲，然后拉起她的手转身走了。我不知所措地钉在原地，伸出的双手还悬在半空，那一刻，我觉得自己拥有了梦寐以求的隐身本领，可以让亲爱的奶奶对我视而不见。

有一位外科医生告诉过我，人在受到创伤后，分泌的大量肾上腺素会延迟痛感。每次想起那个放学的下午，想起无声偷袭的长枪舞动百兵之王的傲慢，令我的血顺着枪尖流到枪身之上，被长穗阻挡……混合的红色淹没了我的痛楚，我最后的信任毫无悬念地落入不曾打滑的敌手，沦为权威游戏和财产争夺的祭品。

在慢慢长大的日子里，我偶尔看到奶奶接受电视台记者采访，听她娓娓道来自己被写进当代舞蹈发展史的履历。在我眼里，她是活在书上的艺术家、理论家、教育家，声华行实，积厚流光。她的光与热照耀过万千学子，却不曾恩泽过与她有四分之一相似度的我——“遥遥华胄人谁辨”，一个面熟的生人而已，奶奶比爸爸更能接受宗族观日益淡化的事实。爸爸说我的名字由奶奶所起，也许那是她给我的唯一礼物。一想到自己恐怕携带着来自她身上的某些令我抗拒的特质，我便有了隐约的担忧……那是她不向外人展示的部分，一种令我不寒而栗的冷血。

三叶形亚门

我给人一种从小在蜜罐里泡大的不解风情，写出来的文章也被定性为象牙塔尖华而不实的展品，其实我只是不想让我的常态与嗜爱沾染洼地的泥浆。抑郁症患者试图用人前的开朗掩盖独处的绝望，我试图用文字的理想主义平衡现实世界的悲伤，宁可镂金错彩，也不姑息袭常缀琐晋升为备选项。如果所谓有力量的书写必须以接地气的方式取得，那么我宁愿把文字呵护在挂牌“精神洁癖”的空中花园里，哪怕我遥望的净土为多数派所不齿。

与奶奶和姑妈的断交并不意味着我摆脱了长者的恶意。父母每找到一个落脚处，我就转一次学，也就多一些机会听到耳熟能详的鼓励：“你是好苗子，需要高标准、严要求。”班主任白老师对我做完这番铺垫，继续心安理得地找我茬儿：课堂上点名我搞小动作与她作对，一听我“赶蚊子”的解释，马上说我娇气，连蚊子叮一下都受不了，以后不会有出息；同桌丢了剪刀被我捡到交还，她怀疑我是小偷，想用拾金不昧来掩盖做贼心虚。改选班委期间，同学们以为成绩第一的我会担任班长，白老师一再推迟委任时间，说要在我和另一个女生之间继续观察。于是某天我看到那个女生的父母赔着笑把白老师送出自家单元楼门口，乘着簠簋之风，那个女生频繁地坐上白老师的自行车后座来上学，并在我再度转学的前一天担任了班长。

命运从不吝啬赐予我恢复“出厂设置”的机会，每次重来，我都决心为不日的告别镂纂不容敷衍的记忆，就像三叶虫为岩层留下的晔兮如华的印章。作为知名度仅次恐龙的化石动物，三叶虫的外骨骼相当沉重，不像其他节肢动物在蜕皮前重新吸收外骨骼中的大部分矿物质，三叶虫舍弃了全部矿物质。因此一只三叶虫可以留下多个矿物质化的外骨骼，可以说，它们对化石数量的贡献以一次次“重装系统”为代价。

在新学校里，我从孤单的零点启程，一路俘获众多的掌声，唯独从未教过我的年级组长总在我与她打照面时甩给我一个白眼，我忍不住反省是不是自己问好的声音不够洪亮或态度不够虔诚，毕竟我俩近似素不相识。后来我得知，年级组长已数次蝉联市级“优秀教师”称号，她认为我这个“程咬金”极有可能抢走她的得意门生保送市重点中学的机会，进而中断她引以为傲的战绩，所以她在执教的各个班级造谣我是托父母关系进校的插班生，我的成绩排名有水分。若旁人询问，她便以开玩笑的口吻回复：“此乃打击式教育。”

班长的名额只有一个。保送生的名额只有一个。皇位的继承者只有一个。当看台只有一个席位的时候，铁杆粉丝大概率不会坚守所谓的修养，把膜拜偶像的机会拱手让人。在资源短缺的环境里，残忍是生存之道，贪婪是致富法宝，“德高望重”的头衔有助于霸凌者将阴谋实施得卓有成效。听过一个说法“不是老人变坏了，而是坏人变老了”。具体来说，就是有的人越老越坏。他们借年纪增长而放飞自我，倚老卖老，纵容年轻时为维护颜面而暂时克制的缺陷，甚至沾染新的恶习。他们自诩齿德俱尊，其实他们为老不尊。在他们眼里，尊重是不需要成本的。难道从死神手里多要来一天就多了一分成为道德模范的把握吗？根据热力学第二定律，在自然过程中，一个孤立系统的“熵”不会减小。“熵”指无序性或混乱程度。如果一间屋子无人打扫，会越来越脏，如果一个人不坚持自律，会越来越难以拯救。如果道德的底线脱离了管控，将会以不可预期的速度下落。电梯失控下坠时的失重感让人觉得轻盈舒适，但那是短暂的错觉，伴随落地声而来的是不可估量的重伤。

薛定谔说过：“人活着就是在对抗熵增定律，生命以负熵为生。”更通俗的释义来自《爱丽丝镜中奇遇记》中的红皇后：“你必须一直拼命跑，才能保持在原地。”为成长搏命的鲎、为求生冒险的寄居蟹、为数亿年后的地球留下坚硬签名的三叶虫……我从极简神经系统的节肢动物身上看到不破不立的力量。反熵成就了生命意识的异色腾光。“局限在一个领域里是根本解决不了问题的”——打破孤立系统，建立开放性交互，从外界吸取能量才是减小熵增的途径。大学毕业后，当所有人以为我会言听计从，稳步踏入父母为我细针密缕织就的未来，我对爸爸说："我不想重复姑妈的人生。"然后踏上留学美国的征程。

那是真正意义上的、完全属于我的青春，从23岁起，我的生活开始吻合文学表达中对青春的普遍化描述。"无所畏惧"及其近义词是"探索""创造"甚至"试错"的定语，即使偶尔受讨好型人格的困扰，我也能凭借它带给我的万事不求人的作风，不设限地开辟自由的疆域。我乘朱轮华毂，躬擐甲胄，围剿埋伏在体内的比恶魔还要可怕的无助感。在忽视参照系的时空里，我尽享独行其是的权力，从甜也是苦的旧日中萃取苦也是甜的未来。我在潜意识中慢放着秋月春风的进度条，这样我就可以精雕细琢迟来的天堂，它来之不易，理当铺翠销金，尽管它无须修辞手法的堆砌也将巍然屹立，那是对我童年低谷的补偿。或者说，它是一座随时用来缅怀和纵情的便携式游乐场。乌飞兔走，十载已过，我整理老照片时随手写下几句话：

我的青春，靠一根网线与故乡连通。

视频里，奶奶问爸爸：

“你说过要好好宠她，怎么忍心放了手？”
爸爸笑答：“忍心让她走，是不忍心让她
等我们走后才心慌，自己没长出翅膀。”
豢养的鸟，不配称“鹰击长空”，
比起娇宠，我更渴望高翔的辉荣。

六足亚门

春末夏初，细看树木伸展的横枝，会发现上面静静地倒挂着斑斓的蝶蛹，它们有的像镀金粉的水滴，有的像黑珍珠耳环，有的像翡翠灯笼。小时候好奇蛹里的秘密，我拿放大镜看，用手电筒照，有一次不慎把蛹碰破，只见里面全是绿色液体，并没有成型的线索。后来偶然看到一段惊人的话，大意是完全变态发育的昆虫在化蛹后，毛毛虫的身体会被特别的酶溶解成一摊由蛋白质和脂肪组成的“稀粥”，成虫将从“稀粥”中涅槃重生。另有研究指出，蛹内的变化比这要复杂，大部分对生命有重大作用的器官，如中枢神经系统和气管系统等，是不经过组织解离而直接进入成虫组建工程的。无论如何，我原以为的隔音衾被之下的酣睡竟然是一番石破天惊的改观。毛毛虫的羽化比其他节肢动物的蜕皮更具视觉冲击力地将反熵过程戏剧化：凡胎浊骨—粉身碎骨—脱胎换骨—仙风道骨。

再次见到奶奶和姑妈，我已过而立之年。她们一定要在我回国与父母相聚的短短一周内见我一面，这是人生中第一次，我与她们在同一张餐桌上平起平坐。长辈们努力制造出相逢一笑泯恩仇的欢乐氛围，姑妈从头到脚和善得像一尊仪容仪表符合服务业标准的蜡像。她向我打听我出国后的见闻，并在我分享自己一路打拼的遭遇时，恰到好处地提醒奶奶：“妈，不用为您孙女发愁，人家在外面挣的可是美元！”听爸爸说，尽管奶奶已经按照姑妈的要求，在遗嘱里写下所有财产房产包括屋里每件家用电器都归姑妈所有，但姑妈依然不敢放松警惕，生怕奶奶一时糊涂，对我动了恻隐之心。她不仅要确保自己的余生，还要确保表姐的下半生高枕无忧，她要让她眼中的我的“卖惨”止步于她居高临下的语言施舍，不能在任何时态中有半点翻盘的机会。姑妈类似轻微感冒的假声一如既往地打着转儿，不紧不慢、不温不火、不阴不阳地击中我，不过对我来说那已不再可怕，曾经的闪电变成静电，轻触的微痒让我阵阵发笑。姑妈误以为我被她养成的以自嘲取悦人的表达习惯别有用心，其实我只求她不觊觎我靠双手打拼来的成果。按说巨蟒不会与毛毛虫抢地盘，但普世逻辑不一定适用于特殊个体。她们以为事情过去久了就等于没发生过，以为伤害产生在幼年就不会留下疤痕，所以她们以为我什么都不记得。

蝴蝶是否会有毛毛虫的回忆？研究显示，一些成虫会保留幼虫时形成的特定反应，但是蝴蝶会认为毛毛虫是过去的自己吗？或者说蝴蝶有这种相对高级的生命意识吗？我们不得而知，但我们知道人类有选择性记忆的能力。那些靠记忆续写的往事，爸爸似乎什么都不记得了，但我不是他。也许我不记得细节，但我记得我的恐惧，像被困在装有定时炸弹的笼子里，不知道下一秒会发生什么的恐惧，这种恐惧逐渐发展成难以被生理成熟所削弱的怨恨。多少人口中的“看开了”其实是一种把“我一无所有”翻译成“我满不在乎”的技巧。我拒绝掌握这样的技巧，因为我做不到向虚伪妥协。如果我注定走不出回忆版图的理想国，那么我有必要以悃愊无华的怨恨做武器，来捍卫青春留给我的白水鉴心的热忱。面对各种形式的贪得无厌，我心直口快，愤世嫉俗，不可遏止的怒火使我爆发出骁勇到近乎复仇的冲劲，一如一段唱词令人血脉偾张：“一旦乐声奏响，我可以吞掉对手的心脏 / 想什么呢？放聪明点，最好别惹我 /……也许我永远得不到应有的尊重 / 但我不会被叫板，因为我称霸无期预留的地盘。”从鸣野食苹到孤久则安，希望很难不被失望一点点啃噬，我愿我的情商得以接受完全变态发育的洗礼，它正心无旁骛地冥想在一切尚未揭晓但一切皆有可能的蛹里。

“这把汤勺看着就贵。”“宝珀是硬通货，我刚买了月亮美人2360，玫瑰金的！”“宝马档次低了点，宾利的价位还凑合。”“到海边养老？那可是富人去的地方！”饭桌上，姑妈唇吻翕辟，钱不离口。我回国前不久，姑妈以缓和关系为由主动联系爸爸，目的是向爸爸要回三十年前老保姆欠奶奶的五十块钱，因为老保姆被姑妈轰走后几日内溘逝，这笔账自然落到爸爸头上，当然，根据姑妈的计算，爸爸要还一千五百块钱才能匹配这些年物价的涨幅。另外，姑妈还让爸爸负担了一半奶奶近年来的医疗费，却只字未提医疗费已被医保报销。借助爸爸“百善孝为先，好男不和女斗”的绿灯，姑妈将索求进行得畅通无阻。总听人说缺什么说什么，姑妈把她从不缺的东西挂在嘴边，看来是怕缺什么说什么。寄生在营养丰盛的大树干上，坐拥千万缕从非正常渠道投射来的光芒，茂盛的无根藤依旧对光合作用抱有百分百的敬畏，因为那是确保宿主安稳的必需……就像我的敏感来自幼年时期的关爱缺失，姑妈的危机感来自伴随终生的独立自主能力缺失。

这种危机感会进一步导致与嫉妒心殊途同归的举动：我不想去努力做到比你好，但我要努力把你害得比我差。但凡遇到优秀的同性，姑妈必会采用与污蔑妈妈类似的下三烂招式，以上流社会的气质写出下流不堪的句子，然后匿名举报。而今见多了由恶意投诉导致的功亏一篑，当施暴者的公平欲和旁观者的窥探欲得到极大满足时，有谁会关心这套低成本、高回报的打法是怎样彻底暴露了人性的阴暗？人言可畏，杀人不过头点地，有人嗤之以鼻，有人乐此不疲。《反熵·生命意识·创造》的作者谢嘉幸说："世间最有趣的，莫过于允许同时存在多种截然相反而又都煞有介事的观点。"姑妈和奶奶遵循一套价值观，一帆风顺地走到现在，爸爸和妈妈遵循另一套价值观，有惊无险地走到现在。原本互不干涉的两个体系遭血缘捆绑，撞击出胜负昭然若揭的硝云弹雨，于是覆水难收，无能为力的善者蹒跚步入了治愈率未卜的长久康复期。

我与奶奶和姑妈相见前，爸爸反复叮嘱我不要与姑妈撕破脸："她要我送你表姐个'大件'，毕竟这么多年不见，况且你也工作了……要知道，她是你的血亲，万一天有不测，你有义务把她当作生母对待，也有义务把表姐的孩子视如己出。”爸爸责怪我记仇不记好。可当我被石头绊了一跤，我不应该记得这里有块石头，以后别再绊跤吗？难道我要一次又一次被同一块石头绊倒，等石头“良心”发现后，自己主动滚走吗？再说，我应该记住什么样的“好”呢？倘若说我从奶奶和姑妈赠予爸爸绝处逢生的过往中受到启发，主动寻求坎坷争得了姑妈万事如意里缺席的独立，那么或许她们是我修炼之路上间接的恩人？“都银货两讫了，你为什么还要……”我定格了，爸爸一言难尽的眼神打住了我的后半句话，或者更多的话——说不清是因为我被熟悉的力量操纵着怕爸爸生气，还是因为我从他的眼神里看到了毅然决然的背后糅杂着无奈与落寞的、迫切乞求认可的自我感动。

米兰·昆德拉说过：“除了生病以外，你所感受到的痛苦，几乎都是你的价值观带来的，而非真实存在。”如果可以挣脱无助感带来的痛苦，我愿意打碎肉身，造一双冲出认知天花板的翅膀，哪怕我将在几天内耗尽余生的能量。作为首批进化出飞行能力的动物，昆虫比脊椎动物早 9000 万年占领了天空，也许正是变态发育这项神奇的能力赋予了成虫飞翔的自由，六足亚门才得以瓜分近 90% 的动物物种比例。爸爸那句“好男不和女斗”，后面还有与之抗衡的半段话——“好女不和男争”，我愿意将“不争”和“不斗”理解为不屑于争斗，而不是不敢争斗——若蝴蝶攻破巨蟒可望而不可即的海拔，凌风出尘，鸿鹄高翔，让自己的成年占据了与童年完全不重叠的生态位，那蝴蝶又何必在乎与蟒之争？

即使是令人作呕的毛毛虫，即使是任人宰割的蛹，即使是经历了数月漫长的磨难只为昙花一现的绚烂，蝴蝶依然独舞着压轴的织锦缎。走出餐厅，我把目光抛向夏夜冷色调的星空，秘密的悲欢如洪水般涌向我。我能否心平气和地正视曾经无法容忍的价值观？我没有答案，但我从来没有停止过直面伤痛。不用遗忘去麻痹旧伤，也就杜绝了为偏离导航路线而寻找借口的可能。目之所及，萤火虫正举着袖珍火把调节地表子时的能量场。废墟般的点点光源疏朗绵延，像鞭炮剖析自我后余音袅袅的残骸……它们，同样拥有着反熵者琼林玉质的大无畏。

这是一场持久战。

闺 奁

-30

我见所未见的网页上，一组人像照片明明灭灭。莺闺燕阁中隐现着香温玉软的风姿，每次定格，柔光都像念了咒诀，变成水，从眉棱滑到下颌；变成草木，从肩峰覆到侧腰；变成雾气，从脊骨绕到指尖。画中人裸露的曲线得水而活，得草木而华，得烟云而秀媚，浮光魅影，如梦似幻，一时间令我恍惚。

“你想成为照片的主角吗？”我默念屏幕右上角高亮显示的邀请函，迟疑了几秒，在接下来的几秒内，点击“预约”按钮，勾选最早的拍摄日期——30 天后，确定，提交。

这是什么网站？我为什么会看到它？我要做什么？

动机的起源是我与生俱来的懒。因为懒，我和几乎所有涉及“美”的能动性无缘，如美容、美发、美甲，唯一不敢放弃的是定期添置时尚美装，以保持良好的办公室形象——与生计挂钩的事我不得不努力做。然而，疫情开启的居家办公断了我的购物欲，我越发不修边幅，在屋里整天穿睡衣，出门套上公司或社区活动发的免费T恤衫、大卖场淘来的裤子和鞋，拎着超市塑料袋，打着“极简主义”的旗号巩固懒惰，把自己处理成彻头彻尾的“清仓货”，这样的日子一晃就是两年多。即使“懒惰”无涯，回头是岸，我也懒得回头。

只是可惜了一柜子衣服。那天我打开衣橱，想找顶遮阳帽，一道灵光从久蛰思启的布料里飞旋而出，撞进我脑袋：何不请专业人士为我拍些照片呢？有摄影师指导动作，若再有配套的化妆发型服务，最省事不过。想来兴奋，我把偏好按优先级排列，敲入搜索引擎，按回车键，刷新出来的结果香艳透顶，让我大跌眼镜。

如果说没有灵魂却能洞悉灵魂的算法可以通过数据运算，推测出用户的喜好，那么它也猜出了在我潜意识中起伏的潮汐吧？要不我看到这些照片，怎么没有立即关闭，而是饶有兴致，流连忘返？

闺房摄影（Boudoir photography），它与魅力摄影（Glamour photography）的主要区别在于模特非专

业，任何人都可以主宰镜头，圆个明星梦。言之有理！我一拍大腿，想起来自己正好有一箱贴身衣物，是母亲在我筹备婚礼时期专门为我购置，从国内寄来的。当年开箱，我被幽香扑鼻的珠翠罗绮晃了眼，怕里面有什么妖精窜出来，勾走我的魂，来不及欣赏就匆忙封好，暗叹遮羞布何必做得如此精美，观赏价值再高，也无非是锦衣夜行。谁知世事如棋，而今，它们居然有了用武之地。

预约提交后片刻，摄影师打来电话，如石庆数马般向我讲解拍照须知。她的声音像被沾露润过，清光流转，抑扬顿挫："修甲，剪发，去角质，保湿，蜜蜡脱毛，面部护理……每样都不能掉以轻心，尤其要杜绝刺激皮肤的举动。不要挤痘，因为疮痂难以用化妆品遮盖；不要进日光浴室，因为非天然的古铜色会弱化拍照的意义——闺房摄影给你的不是记忆中的你，而是本质的你，由内向外的你，属于你的你，你重生的自信，将重生你无量的热忱与魅力。"

挂断电话，面前的电脑已处于休眠模式，我与显示器黑屏中的影像对视，片刻后，竟觉得陌生，仿佛进入盯着一个常用字、怎么看都不像的"语义饱和"状态。日子越过越多，我与自己对视的时间越来越少，看来大脑受不了短时间内突如其来的重复刺激，索性抑制了神经活动，形成联想阻断。不记得从何时起，锦瑟华年频频抛来不满失宠的诉求，我顾不上接，任凭它们嘤嘤哭着掉到地上，被琐事滚成的巨大车轮呼啸着碾来碾去，碎得稀巴烂。

突然，我有些愧疚，从未对皮肤上心过，小时候想着长大后好好保养，而今年近不惑，却仍未启动保养程序。不愿过激，怕临时抱佛脚会弄巧成拙，我唯有力所能及——眼观六路防磕碰，长衣长裤防蚊虫，早睡早起防眼袋，此外，还设了个饮水提醒闹钟。对自己好点吧，我想，哪怕象征性的，只有一个月。

-2

我一忙起来就像扎猛子，抬头换口气的时候，发现离拍照只剩两天。抉择时刻，我把箱中宝物逐一排列在素色床单上——几十套内衣、裤袜，从棉质到尼龙，从胭脂到靛青，被我束之高阁多年，标签尚未拆下，今日终得临幸，它们像挣脱五线谱的音符，六出纷飞，七纵八跳，竞相奉上箫韶九成：方网眼、珠罗纱、梭结花边、镶边、雕绣、透孔刺绣……低音谱号左挽四分休止符，右揽升记号，徐徐低回在梳栉、珠片和垂花饰之间，婉转悠扬，舌底澜翻，各具风韵，难分伯仲。

我在摄影师要求甄选五套的难度基础上，再加一等，只选四套，因为我已将压轴名额预留给心头至爱：我曾对它一见钟情，试穿后不到五分钟便退下，小心收好，单独存放。今晚是我第二次试穿，照例穿了五分钟，只为确保依旧合身。掐指一算，两次试穿相隔十年，“十年磨一剑，霜刃未曾试”，想到它将在拍照日大放异彩，我心潮腾涌。

被灯晕煨成姜黄的落地镜前，墨色阿朗松蕾丝沿着热粉色文胸下托，勾勒出碎琼交织的纹路，厚重，硬挺，层次分明，掬起心位镶嵌的多棱黑水晶，塑造出婚纱的雏形。内裤设计同样精美，前片拼接的蕾丝花卉对称展开，吊袜带从底部垂落，像冰清绢蝶的触须，探向索吻的花蕊。我打开一双渔网袜，铺平，前后对齐，沿中线固定在吊袜带上，然后屏住呼吸，伸进双脚，两手极尽轻柔地捏拿，抻拉，一圈，向上，又一圈……终于，袜口就位，我在镜前转过来，扭过去，一点点调整前后带子的长度，手指不够用，拧成麻花，差点儿把镜中的自己揪出来帮忙。经过几轮负负得正，总算搞定，我长出一口气——此举会为拍摄现场节省不少更衣时间。我把内裤与渔网袜的连体安置于文胸旁，回衣橱拿来收纳袋准备将其装好。

就在这前后脚的工夫，意外发生了！我再度拿起文胸时，被它左侧上托惊现的一团油脂吓得叫出了声，这是什么？从哪儿来的？我心急如焚，上手去擦，抹得满掌泛光，眼见油脂边缘逐渐扩大，洇出滚滚彤云，面料却毫无破损，我意识到它来自文胸内部——衬垫碎裂，液体材料渗出。莫大的悲剧顿时浮现——我的至爱，它无法清洗，也无法修复，它寿终正寝。

眼眶不受控制地升温，我敷到脸上的深呼吸被淹没在成串冒出的泪水中，含冤夭折。平时没少提醒自己要享受当下，因为儿时读过一则故事：有位女子买了条裙子舍不得穿，打算留到有事的时候再穿，结果一留就留到了她的葬礼，裙子也成为她的寿衣。我曾下决心不能那样活，可如今，依旧不知不觉步人后尘，只不过这次算作预警，因为人与物调换，由我为衣装送葬。

按说事已至此，唯有认命，可我不甘心，怀疑衬垫泄漏是否为保存不当所致？如保存时的温度、湿度、光线……我把缝在钩扣内侧的几层标签翻过来调过去地读，元音辅音、虫书鸟篆都没放过，除去清洗注意事项，并未挖掘出特殊保存要求，便上网搜索，不搜无妨，一搜搜出不少抱怨：首先，泄漏实属无妄之灾。其次，泄漏物污染家居服、被褥、靠垫、毛毯等还算小事，有的人出门在外遭遇泄漏，外衣皆毁，场面无比尴尬。雪上加霜的是，有的人对衬垫里的甲醛成分过敏，被折磨得皮肤红肿、出疹、起泡。这款文胸因投诉过多，已于几年前停产。想想自己的倒霉可谓最低限度，也算不幸中的万幸。

可我依旧不甘心，毕竟内裤安然无恙，还有与它琴瑟和谐的渔网袜，这残存的大于50%的完美足以鼓舞我力挽狂澜，抬头望向窗外，子时月上中天，网购已来不及，好在附近有该品牌的实体店，我打算去碰碰运气，补救缺失。

-1

次日一早，我把旧文胸装进密封塑料袋，揣好后夺门而出，在内衣店开门营业前三分钟抵达，正思忖着要不要踩着点往里冲，只见对面墙角“噌”地拐出一位印度裔大姐，她疾步如飞，堵向店门，一边打手机，一边扒着玻璃往里看，门刚裂开道缝，她便侧身挤入。我见势紧随其后，原来她是给女儿选内衣，说女儿是乖乖女，刚交了男朋友，是初恋，她比女儿还激动，又怕女儿害羞、没情趣，索性亲自出马，请店员推荐流行款，一发现不错的样式，赶忙托起来举到手机摄像头前，让视频那端的女儿过目："你看看，这里，对，看肩带上的金线蝴蝶结多精致！"樱草色灯光自阴角线撒下纱幔，在她的背影上施法，明晃晃中模糊一团，让我看着看着，看出了母亲的背影。当年母亲为我选内衣，也是如此状态吧，我忍不住伸出手去，在法术消失前，牵到一缕润湿的幻气。

我也是乖乖女，虽然不清楚我的乖是天生的，还是被培训出来的。我自幼被母亲告诫不要做坏女孩，在她眼里，坏女孩有两大特点：注重身材，热衷打扮。所以我听得耳朵起茧的教诲便是："学习重要，考分第一，咱们不学她们瞎减肥、赶时髦，咱们身体好，才有劲儿学习。"

我听话，反射弧也长，若干年后才琢磨过味儿来，那些"坏女孩"身姿窈窕，丰容靓饰，神采奕奕，看着比我健康，至少她们体育成绩比我好。我反倒因为天天窝在家里啃书本，勾肩驼背，目光呆滞，拙手笨脚，郁郁寡欢。更糟糕的是，我一毕业参加工作，母亲就开始埋怨我不开窍，不会捯饬自己，一双旅游鞋一年四季穿，一穿穿四年，还捡她穿了十几年的红袄子接着穿，穿到胳膊肘磨出洞，棉絮飞出来，也不知道换件新的，这样怎么能嫁得出去？奇怪，我的简朴不是一直被鼓励、被赞赏吗？怎么突然返祖，成了缺点？母亲还说：“你所有的衣服都要我帮你选，你就不能让我少操点心？”我一想也是，从小到大，每天起床，她已为我安排好衣装，从上到下，从里到外，不容我多嘴，连我出国留学带的衣服也是她买的，每年还给我寄新货。母亲怕我冻着，只买蓬松款式，把我包得严严实实，鼓鼓囊囊，像一个酥皮大泡芙。

于是我继续听话，在27岁那年，将“学会买衣服”归为孝敬母亲的责任之一，并付诸实践。记得第一次拿着亲自挑选的衣服走进试衣间，我看到镜中人满脸大写的“自豪”——我的衣服我做主。这件事让我意识到买衣服其乐无穷。渐渐地，我摸索出适合自己的款式，有次在公司大堂碰见一位女同事，她惊叹我变瘦、变漂亮了，问我是不是谈恋爱了。我笑答本人长得慢，审美观晚熟。

随着库存持续增长，我不再需要母亲支援，便如实告知。本以为她即使不夸奖我，也会如释重负，没想到她依旧源源不断寄来大箱小箱，理由是我不会选衣服，尽买些片儿汤货。父亲偷偷发来信息：“别跟你妈争啦，她一想你，就去给你买衣服，买习惯了，就当这项活动是她的精神寄托吧。”

我趁印度裔大姐和店员交谈之际，组织好语句，逮到个空当，掏出旧文胸，以最简洁的措辞发出求助，店员按图索骥，居然翻出一件类似款式的：粉色罩杯由黑色利巴蕾丝覆盖，经过改良，罩杯内衬摒弃硅胶，使用海绵，增强了安全性，也延长了文胸寿命。问题是这件文胸的粉色比原先那件浅很多——夕岚对绛纱，虽属同色系，但要说配套，还显牵强。可惜我别无良选，只好带着遗憾和忐忑买回来，给摄影师发去实物照片。不料她予以盛赞，说有色差，拍照效果会更棒。塞翁失马，焉知非福，我一阵窃喜。

0

专属我的拍照日，确切地说，是探幽日，我套上不会给身体留下勒痕的宽松长裙，设好坐标导航，按时前往“爱丽丝的兔子洞”摄影工作室，其藏身处原为工业遗址，我循着锈斑味道，上上下下，七拐八拐，绕过桁架桥、铁轨、烟囱和炮台，定位代表楼层门牌的正则表达式，屏息，解锁，刹那间，闯入某个历史断层：古铜色迷宫纹紧贴水泥地泛滥，钻进墙根，撑破墙皮。红砖不规则地袒露，顶端的金属管道纵横排布，向上潜入失修的幽深处，从幽深处倒挂下来一扇落地工业窗，矩形玻璃六等分阳光。视线穿过褪色的阳光，沿网状钢板楼梯螺旋而上，衔接霓虹暧昧中的铁丝合欢床。

我收回目光，凝视着佩戴冷光灯串的镜子，镜中撒满不重样的化妆品，瓶瓶罐罐，里里外外，簇拥出双倍色彩。我与化妆品关系生疏，上次见到它们是十年前，婚礼梳妆台上，在木质教堂一侧的单间，空气里弥漫着脂粉和原木混合的香气。化妆师为我上妆的大部分时间里，我微合双目以掩盖局促，猜测是什么东西在按摩眼睑，有些凉，有些痒，细软的触须即将探入，又戛然止步，给我介于不适与舒适之间的奇特感觉。告诉自己放松，我克制住抬手揉搓的冲动。耳廓贴着蒸汽温度，那是发型师在我身后忙碌，卷发棒偶尔靠近，热浪刺来，我不敢呼吸，又觉得有趣，尽管不熟，那些美妆工具仍对我如此热情，像呵护刚刚起笔的画稿，有什么颜料都往上添，央求它别半途而废。

妆容就绪时，窗外传来教堂的钟声，我戴上眼镜，凑到镜子前，欲细看效果，顺便露出一个有专业技术保障的笑，不承想假睫毛顶到镜片，如百足虫蜎飞蠕动，蜇得我睁不开眼。我索性摘掉眼镜，径直走向拍摄区。

虚化的现实中，意识也趋向朦胧，风机、花墙、衾枕……床单两侧拂动的叶状波浪好似睡神修普诺斯即将扇动的翅膀。我集中精力，脑中只保留摄影师简洁有序的指令——舒展，再舒展，深深吸气，微微张口，缓缓呼出。我在专注中滑入另一种迷失，恍若置身烟岚云岫，只见秘图朵朵——那是难以形容的异象，灯晕微凉，柱状烟尘中精巧的火把一簇簇悬挂、飘荡，聚焦出以假乱真的萤火虫天堂，连拍声穿透碎光，布设蛛网，沿时间轴一路向左，结痂所有带重影的哀伤。

仰望华星群像，色彩的疆域仿佛由我统治，诡毳殊章，我是时空瞬间的女王。虹光咬着碧云，浮在棕毯上，影影绰绰，流岚闪烁，如同千百只精灵婆娑起舞。拍摄渐臻佳境，诙笑从我的胸腔中苏醒、发芽，一个个冒出头来，在屋里肆意生长，碰到聚光灯、锈板、圆木桩、床头柜，碰到莨苕叶盘绕的芙蓉镜，唱出重重叠叠的回音。余音袅袅中，摄影师为我布设的悬念翩然而至：两周后，来看成品。

14

这悬念说大，没有大到让我辗转反侧；说小，又没有小到让我触枕就着。掰着手指犹豫间，日子眨过十四天，抛来欲说还休的媚眼，新鲜出炉的近百张照片在摄影师的投影机显示屏上循环播放，像一部流光溢彩的默片。我不敢认领照片里的模特，分明是再熟悉不过的面孔和身体，却说不出哪里陌生，那个人是我，又不是我。下颌角、后颈、肩胛骨、腰窝、下巴正中的凹槽……诸多我不曾留意和拒绝留意的部分清晰展现，如暗处生出的藤蔓，灵动、柔和，紧紧拥抱润泽生辉的肌肤，令光与影的交响乐富于戏剧性和表现力，每帧都是高潮，不存在隐忧中的冷场。

区区数秒间，长期以来大规模围捕我的口舌被冲得七零八散："你有个屁股形状的下巴。""你画的猴子和你一样，肚子好大。""看你腮帮子宽的，去做个削骨手术吧。"甚至母亲，也时不时建议我要梳马尾，别留披肩长发，因为越用头发遮脸，人家越觉得遮住的面积无穷大，不如全露出来，大就大得光明磊落。

比喻、比拟、夸张……尖酸的修辞搬运长句短句，乐此不疲，造出一座海市蜃楼。它虚无缥缈，却压得我透不过气。十八岁那年，我写下一首通体回文诗，题为《闺怨》：

迷执的故事里门房紧锁
泪流。寂静代替言语

离别是远久的空虚
谁拯救灵魂苍白
药？毒？
敢不敢，尝一尝
嫉妒积累痴情和大胆
煎熬，美的质变

回文如下：

变质的美，熬煎
胆大和情痴累积妒嫉
尝一尝，敢不敢
毒？药？
白苍魂灵救拯谁
虚空的久远是别离

语言替代静寂。流泪
锁紧房门里事故的执迷

叽叽喳喳的噪声有首无身，有影无踪，像只饿兽，哪怕制造者有口无心，一旦脱口，便是有去无回。饿兽披着尖刺，龇着利齿，生吞了被窝里的抽泣、对蜡烛许过的愿、写了又撕的日记，趾高气扬，训练我循墙而走。从那时起，我变得胆怯软弱，自惭形秽，随风而靡，过度依赖他人评价，即使照镜子，也只盯着不遭人贬损的部位。此刻，当我直面根植脑海中的已知缺陷，并从中看到未知光芒的时候才明白为什么说闺房摄影带给我的不是记忆中的我。因为记忆中的我是别人眼中的我、我以为的我。我需要认识的是自己眼中的我，两个“我”之间的迥殊令我震惊，太久的逃避，让我错失了太多有关身体的真实记忆。所谓的完美主义被虚荣出卖，自我麻痹带来的不是繁华梦，而是彻底的挫败。

“镜子啊镜子，谁是世上最美的人？”提问者得到的回复，是饱含善意的谎言，还是暗藏恶念的祝福？

闺房摄影中的一项重要内容是记录模特隐私，包括但不限于大面积的胎记、减重中的赘皮、术后的刀疤。随着对闺房摄影的更多了解，我发现，很多被人嘲笑的“缺陷”拥有调皮可爱的英文名：“游泳圈”叫 muffin top，指小松饼膨出烘焙纸的花边；侧腰赘肉叫 love handle，“爱的把手”为浓情之拥增添安全感和舒适度；小提琴臀叫 hip dip，又名臀部凹陷，普通人胯骨高于股骨的基因和骨骼结构，必然导致肌肉和脂肪曲线内弯。这些身材特点不是缺陷，亦无须动刀，它们是自然存在，理应被其所有者坦然接受，正如流媒体节目 *CoComelon* 的大热儿歌所唱：“I love my body the way it is.（我爱我身体本来的样子。）”

自卑与自信拥有相似漠然的脸，在疼痛与快乐两面保持无言。一道晨曦、一团烟火，足以叫醒宿醉香蕊的花仙，为干扰视线的修辞送上丧歌。目极桃蹊柳陌，但见我与“我”对坐，河倾月落，镜台斑驳，我们相见恨晚，但毕竟没有错过。从此，闺中舞者将诡衔窃辔，以全盛之势起步，她焕然一新的演绎，外人毫无冠名权。

30

一个月后，一幅宽超过一米的相框占据了我写字台对面的墙壁。照片里的我仰躺在漪澜四起的珊瑚色丝绸床单上，双腿高举，足尖轻搭镂空床头板，手臂伸入半睡半醒的长卷发中，微弯的眉眼透过樱花、桃红与玫瑰幻化成的合璧之光，望向照片外的我——我的紧急购物扭转乾坤，上装的清雅、下装的热烈与背景色的温婉相得益彰，营造出令人惊艳的视觉效果。经我同意，摄影师把这张照片上传到她的社交网站，标记我的账号，并配上我的诠释："依赖他人的许可才能体会到的快乐实为悲哀，美的张力在于表达，而非压抑。"

不出半日，评论区自动分成两派，女性用户讨论摄影技巧，男性用户揣测模特意图。有人直言不讳："模特皮肤不够白皙，身材不够苗条，不符合我们男人的口味。""模特表情不够妩媚，不够陶醉，不够挑逗，不够女人味，激不起男人的欲望。"还有人猜测我感情生活不顺，欲以此照征得如意郎君，频发私信求证。

拍照展示的意图仅仅是吸引求偶者吗？或者说，拍照展示需要意图吗？我的心血来潮若一定要安上意图，那就是 just for fun（只是为了好玩）。前阵子北美生活论坛上有段感悟，出自一位青春期饱受 body shaming（身体羞耻、容貌攻击），成年后通过医美和化妆术扭转乾坤的女性，大致意思是：

看到那些对我一无所知，却认定我是他们真命天女的追求者，在我面前表现出与年龄不符的单纯局促，我为这份不费吹灰之力得来的爱慕感到荒谬。也许他们忘了自己多年前是怎样以看似老道的姿态，肆无忌惮地嘲笑身边其貌不扬的女生。执着于变美的我也曾陷入误区，总因一份垂怜而自得，为一声讥贬而自卑，认为美貌悦人也悦己，却从未反思过，把人性物化，品头论足的行为本身就是错的。

这位网友的青春期经历与我的同符合契，此外，我知道，受制于酸葡萄心理的人极易将恶意植入对外界的评价，以求自我安慰，当碰到一对情侣在某方面的差异不符合当下“标准”，如身高、体重，他们倾向从处于审美标准劣势的一方猜度，认为这是缺什么补什么，但从另一方的角度看，其实是有什么不在乎什么。可以说，从焦虑到淡定，从紧绷到松弛，从在乎到不在乎，是走向成熟的过程。讽刺的是，这位网友拿出常人不具备的勇气剖析自我，毫无保留分享心路历程，告诉女性不要被男人的审美标准约束，不要被有酸葡萄心理的人操控，而她得到的置顶回复是：“你的脸是在哪里整的？你用什么牌子的化妆品？教教我们，怎么做到让男人对你众星捧月？”

百堂课，千滴泪，万条理，敌不过择偶竞争中以貌取人的生物本能。明白了这点，面对那些围绕照片意图的追问，一切解释都显得多余。知我者不会问，问我者，听过我解释亦不会知，因为那不是他们想听的言辞。也有人佩服我的胆量，我道谢后，心想自己是否应自豪，又觉得滑稽，若自豪需要考虑，说明并不走心，还为通往“不以物喜，不以己悲”之路陡增障碍。我中学练习长跑，有个技巧叫“弯道超人”。直道上并驾齐驱的两人往往会在弯道上决出高下，秘密在于弯道的内外径长度，以及跑步者对向心加速度控制力的差异。所以若想获得好成绩，不仅要拼速度、拼耐力，还要拼如何过弯道。同样，生命中有内省和外耗，一个人若想获得平和的心态，很大程度上取决于内省，因为外耗是直道，内省是弯道，而弯道，恰恰是超越尘俗的机会。

最渴望神来之笔，艺术国度里，内省的灵魂往往迷恋独处。在消灭了参照系的空寂中，鲜为人知的角落有个除涂鸦之外一无所求的听障画匠，颜料纸笔胜过他的生命，他因听力被剥夺而获得了加倍补偿的视野随着长长的色阶打开、盘升，迎接通向秘境的云梯。他拥有绝对奢侈、绝对残酷的孤独，并用孤独处决了所有背叛纯粹与真实的客体，只留下掌心里巧克力包装纸上列印的文字，一句话，两个词，三个音节，成全了他绝对隐秘的骄横恣肆：“Be YOU-nique.”（做独一无二的你。）

好了，是时候收起镜子了，我还要上路，继续前行。

异调过客

序

除非约稿，否则我不写古迹游记，自知无法超越文化散文先驱，在开拓者面前，维护者与完善者至多算合格的模仿者。然而，我又不忍放弃看似泛滥实则难得的素材，便将其搁置，等激情蒸发掉新鲜欲滴的弹性支出，再来定夺余额。精华或糟粕，记忆的韵格无从预测，好比谁都可以登上冥河渡神卡戎的木船，但只有天选之子才能抵达至福乐土——驯化的文字下意识地期待旅途顺利，结局，却只能交给时间去写。

此刻，我正在翻看希腊之旅的老照片，耳畔流荡着来自雅典的、混合了交响乐和电子乐的哥特金属旋律。唱机旁摊开的歌词页上隐现着边缘磨损的复古字体“至福乐土”：“我理解你，无须开口，我知道失去他人的感受……

没人在乎会发生什么，我对长久解脱的渴望日益增强。我目睹你独自走过一生，就像每个人一样。”

就像每个人一样—— 携带着不易察觉的孤儿特质，挤过熙熙攘攘的悲欢离合。易容的修饰语背后，错位的笔画之间，快进的印象派剧情里，我们都是过客。

爱琴海，无关爱情的海

爱琴海由于音译酷似“爱情海”而成为情侣度假的胜地。撕开“只愿君心似我心，定不负相思意”的商业包装，其实爱琴海无关爱情，它得名于人们对雅典国王爱琴悲剧之死的纪念：希腊神话中，爱琴的儿子忒修斯前往克里特岛制服了怪物米诺牛，他胜利返航时忘记了与父亲的约定，没有在船上挂白帆，导致爱琴看到船上的黑帆以为忒修斯战死，悲痛欲绝，跳海自尽。数年前，我在爱琴海游轮之旅中，为求沉浸式体验，曾数次遏制了撰文的冲动，不知不觉，驹窗电逝，重温的回忆有了不同的温度。耐人寻味的是，大脑存储机制调取的有效信息大多不是体现着确定性特征的地理知识和历史故事，而是具有不确定性色彩的萍水相逢的人。

爱琴海的浪是平静壮观的，恍若变形巨兽深眠中的呼吸，上下起伏的蓝色皮肤与流体骨骼容纳着万物生灵千亿个瞬间的情绪，混合了低频风声的古老呓语如同来自九天之外的管风琴乐，而我无法全然沉浸其中。有位卷发太太，每次见我独自去甲板都要尾随，苦口婆心地为我剖析婚姻的本质：人不是由白头海雕那种一夫一妻终身制的动物进化来的，感情虚无缥缈，钱才真实可靠。婚姻是零和博弈，一方获利，另一方必有损失，离婚更亏，是妥妥的负和博弈，因为在美国，钱全进了离婚律师的腰包。作为妻子，掌握财政大权、别让节外生枝的人来分财产才是王道。

入世的观点与出世的景色格格不入，我一时不知如何应对。渐弱的道德感解除了谎言的封锁，也耗尽了人辨别真伪的精力，很多人只好先根据有罪推定原则，默认一切为假，包括感情。他们的金钱至上论是无奈中的自我保护机制——婚姻里，钱等于一切，乍看残酷，可仔细想来，只剩下钱总要好过连钱也剩不下。依此观点，若钱最干净，那么赤裸裸的金钱关系就是最纯洁的人际关系，靠金钱交易维系的男女关系亦然。

难道我们已经陷入了这样的恶性循环：唯有毁灭曾经信奉的美，才能维持如今手中的鸡肋？有关爱琴海介绍的软文中、短视频里、宣传海报上，展览式的浪漫铺天盖地，按部就班又肆无忌惮地昭示着婚姻无解的悖论：如何从桂宫兰殿坍塌的残骸里找到一纸传说中至死不渝的诺言。

起初，我以为卷发太太的婚姻遭遇不测，苦于无人倾诉，才向我这个偶遇者求助，于是我绞尽脑汁试图安慰她。后来我才知道，她以为我只身旅行是在闹离婚，陪我到甲板是怕我有轻生之念，她想通过循循善诱的方式来开导我。尽管我表明自己只是出来散心，她依旧不放心，看到我在土耳其库萨达斯岛买了一件风衣，问我为什么买超过两百美元的衣服，问我是不是经常这样消费，问我与我先生谁的收入多……仿佛要从我的一举一动中挖掘出我陈词的破绽。

看似可疑之人，也许不具备作案动机，真正的嫌疑犯往往拥有完美的拟态。队伍中有一对年近七旬的夫妻，丈夫处于阿尔茨海默病晚期，已经丧失了认知和沟通能力，全程由妻子搀扶、拍照、添衣、喂饭。参观罗得岛中世纪古城那天，妻子一时疏忽，错把当地的生水喂给丈夫，导致丈夫大小便失禁，导游赶忙叫来同事，将二人提前送回游轮。妻子告诉众人，她酷爱旅游，年轻时每次出行，丈夫都全权负责，对她百依百顺，照顾有加，如今轮到她来接班，带着丈夫继续造访她尚未走完的地方。众人听罢，无不竖起大拇指，称赞他们凤协鸾和，相濡以沫。卷发太太擦拭眼角，轻轻抽泣着，转头看我，我却被胸口涌动的疑惑堵得哑口无言：身体忍受了奔波中的时差错乱和饮食不周，精神却因思维瘫痪而享受不到美景，难道丈夫不应该在家中好好休养吗？妻子也许是出于愧疚而做出的无效弥补是自我感动还是作秀，抑或仅仅为了完成自己探寻热门景点的人生任务？

世上相信爱情的人越来越少，但不代表人们不需要爱情。对于爱情，人们歌颂，或者亵渎，或者在患得患失的私心中辗转反复，究竟怎样的诱惑才会使人屈服？怎样的屈服才能讨来爱情的垂顾？又是怎样的垂顾，值得唯有一次的青春舍弃尊严去付出？露天烧烤排档里，大家用餐具和水杯压住被海风吹起的桌布，翻滚的褶皱里有一只蚂蚁，拖着比它身体还长的面包屑曲折前行。震荡的幅度无法阻挡它的专固，它令人怜悯的贪婪里，似乎有一种强迫到迷失的苦楚。

我盯着蚂蚁，不知过了多久，一抬头，迎上那位患病的丈夫直勾勾穿透我身体的目光，他嘴角的口水一滴滴落到前襟上。我仓促低头，发现蚂蚁停了下来，那是呆滞而空洞的暂停，枳实般的辛酸从微咸的气息间穿过，像山鲁佐德的悬念穿过暗夜的盛宴一样，卡在我们无力驾驭的颠簸中。

我们来到圣托里尼，这个岛屿被称为散落在爱琴海里的珍珠项链上最耀眼的钻石吊坠，只需要一张照片就能俘获人心：含情对望的碧海青天之间堆起一座座如撒过软棉花糖粒的童话城堡，它们白墙蓝顶，连台阶和地面都涂着厚厚的奶油色。走进这里像走进层峦叠嶂的蛋糕迷宫，每个勾引视线的棱角都秀色可餐。无须担心脱落的墙皮、门窗上的罅裂、栏杆上的铁锈，这些污点无法被相机捕捉，人们的爱将永远停留在无懈可击的照片里。在这里，我甚至看到与丰饶绚丽的梦幻融为一体的中文婚纱摄影店招牌。卷发太太一路为我热心拍照，其间引来一位高个子先生帮忙，他是一位不笑的时候嘴角都会上扬的老者，善以喜剧式夸张的拍照姿势调动模特的情绪。得知我热衷写作，他恳请我留下微信号，不料他刚掏出手机，胳膊就被小碎步追来的高个子太太猛地拍下去："微信只能留给亲朋好友！"晚上回到游轮，不隔音的墙壁传来高个子太太训斥高个子先生的声音："现在是个人都能当作家，我还会发带图文的信息到微信朋友圈呢！"我哭笑不得，他们年长我近半个世纪，似乎各个方面都不应该与我在同一个竞争层面上，高个子太太对我的敌意让我费解，我姑且认为她的有罪推定出于习惯性警觉。次日，等船靠岸的时候，大家闲聊起来，高个子先生提起自家女儿嫁了个爷爷辈分的富豪，锦衣玉食，高个子太太出来旅游穿的羊绒衣和夹克衫都是从女儿堆成山的高档货里闭着眼捞出来的……我听着听着，突然，好像大致明白了高个子太太的脑回路和防备心。记得她与高个子先生感叹，如果当年女儿女婿能在圣托里尼拍婚纱照，那一定很美，我无可反驳，只是不知冰壶秋月的基调下暗涌着什么颜色的心事？大家争先恐后地拍照房屋、海景和自己，而我拍了许多猫咪的照片，它们点缀在阶梯上、小路上、窗台上，一只只焦糖色、巧克力色、薰衣草色的毛茸茸的小精灵，有的漫步，有的静卧，有的睡得昏天黑地，大概只有它们享有这人间仙境中绝对轻盈的自由。

夕阳西下的米科诺斯岛上，建于16世纪的卡特米利风车以茅草覆盖的尖顶圆柱形房屋为驱动轴，伸展着海星腕足一样的叶片，在玫瑰色晚霞晕染的海风中缓缓转动。身边的导游低声告诉我，我这次出行选择的深秋算是旅游淡季，若选早一点的暑期，会遇见不少与我年龄相仿的游客。我点点头，是否导游洞察到我在一群阅历丰富的前辈中间显得过于幼稚、木讷、异想天开又完美主义？但愿弥漫的夜色可以掩盖我脸上的局促。

从游轮回归陆地，旅行团乘大巴车继续前行，途经泛雅典运动场、宪法广场、哈德良拱门、奥林匹亚宙斯神庙、雅典卫城博物馆……这些都是我们上船之前参观过的地方。彼时，我怀着见证漫画《圣斗士星矢》剧情的兴奋拜访“圣域”卫城，可真正震撼我的是气势恢宏的人山人海。作为人山人海中不能自拔的一分子，我几乎上无喘息之处，下无落脚之地，给建筑物拍照时只能高举相机对准其顶部按快门，否则只能拍到浓云密布般的人头。相比之下，我反倒喜欢宁静祥和的卫城夜市。星河泛起的莹然灯晕中，影影绰绰地晃动着基于希腊民间传说改编的皮影戏、坚果摊位旁缠绕陶罐的蓝色亚麻布条、弹奏布祖基琴的街头艺术家、情不自禁迎合音乐节拍的听众的手臂……“导游，这都是什么地方？我们怎么没来过？”高个子太太突如其来的吼声吓得我浑身一哆嗦，条件反射地坐直了身子。

“这是我们花了整整一天时间参观过的雅典市区啊！”导游疲惫失望的语气中略带责备，像老师面对心不在焉的学生时无可奈何。一天的旅程，七天之后全部忘记，出于礼貌互留的联系方式，也将在各奔东西的七天之后被彻底删除。就像快餐式爱情，有时候我清理储物柜，会发现吃掉一半却过期很久的零食，因为它的口味不足以诱人到让它的容量被一次性解决，接着它又被新晋的竞争者层层挡住，挤到角落，最终沦为垃圾桶中的过客。

“我并未坠入爱河，可我要与你亲密，直到有更好的人来代替你。”歌曲《用户友好》的旋律响起，我的手机收到来自大学学妹的问候。听说我刚去过希腊爱琴海，孑然一身的她旋即回复：“爱琴海，爱情海。愿得一心人，白头不相离。”幻想与幻灭，到底哪个才是真正意义上的悲观？也许极易被时间腐蚀的幻想不具备与现实良好的兼容性。好比并非启明星才属于高地，属于高地的才是启明星。如果象征爱情的启明星能继续陪伴遥不可及的月亮，那么天使的双唇，必然会耐心等待来自真理的吻痕。

迈泰奥拉，悬空的信念

当导游宣布车正前往“天空之城”迈泰奥拉的时候，我没意识到该处的拼写是 Meteora，只是好奇它的发音：怎么与摇滚乐队林肯公园的专辑《流星圣殿》听起来一样？

大巴车款款而行，导游口若悬河，我呆望车窗，任由颠簸的话音将反光中的自己拆分。《流星圣殿》的曲目在脑海中似是而非地萦绕，越绕越蹊跷：“流星”的常见拼写是meteor，末尾特意加上元音a，难道……我忍不住打开手机，上网查询这张专辑的命名——果真来自迈泰奥拉。

这片位于希腊中北部色萨利区的砂砾峰林来自6500万年前的古近纪时期，属于湖沼的财产——石头、沙子、泥土——大量涌入三角洲，被接连不断的地壳运动推举为高原。石柱群孤耸入云，危峰兀立，从深渊到峰巅的历程无人知晓，惊愕的眼睛只能看到砂岩层上裸露的永久性损伤，像被硕大无朋的钢刷扫过，鞭痕状绽裂的石缝里隐现着风尘无法抵达的精巧楼阁——那是14世纪的僧侣凭借盛满信念的血肉之躯建造的修道院。

我小时候喜欢挥舞狼毫笔，任由连绵的细线在白纸上无方向、无规律地驰骋，像散架的毛线团一样铺满纸面，然后找几处空隙，小心翼翼地填上星星和月亮，那是我的“天空之城”。或许有序隐于无序，非常牵制寻常。像黑天鹅被发现之前，人们无法想象其存在一样，迈泰奥拉颠覆了人们对地貌的认知，自然界“反抗重力”的超现实主义手笔给了林肯公园乐队灵感，成为其决心通过歌曲传达给世界的信息。

我最早知道林肯公园乐队是上高中二年级，在《Hit轻音乐》杂志上读到一篇介绍“新金属”的专栏文章，文中林肯公园乐队被列为“新金属”的代表乐队。嘻哈节奏和朗朗上口的旋律入侵重金属是什么效果？我让正在海外出差的父亲帮我买来他们的专辑，于是他们的处女作《混合理论》成为入驻我随身听的常客。2000年，学校组织秋游参观首都博物馆，我隐没于各个班级串联而成的长队，在青铜器、陶瓷器、玉器、佛像和书法艺术品的丛林中漫步，面无表情，耳朵里却充满密集的鼓点、失真的吉他声和不甘寂寞的咆哮。被“Y2K”潮流浸泡的青春期，服装、发型、配饰，甚至修辞手法都挑染着高饱和度的糖果色，亮面皮革上，逆鳞般悬空的金属片碰撞出夸张又愤怒的噪声……那是顺从的伪装下浮翠流丹的享乐主义标签。

无须理解人们的不解，时尚、美术、文学、音乐……站在这些领域前沿的人都难免腹背受敌，一面是生人，一面是亲人，倔强的心只能与散落在天涯海角不曾谋面的少数派惺惺相惜。从那时起，我觉得支撑艺术的信念是不需要形态、规则甚至定义的，也许每个人内心深处都有一方净土，它不为人知，也不容侵犯。

傲骨排他的时空里，梦想拥有纯粹的颜色。早在11

世纪，拜占庭帝国的苦行僧就已经来到迈泰奥拉这片与世隔绝的峰林隐居修行，冰冷的岩洞见证了他们的祈祷、赞颂与忏悔，那是他们孤注一掷的热忱。14世纪末，为了躲避土耳其侵略者的灭杀，僧侣们依靠仅有的长梯、大网、绳索和竹篮，怀着“没有上帝的旨意我们绝不停歇”的信念，迎着旸燥的气候和冷兵器的摧残，在绝壁之上建立并捍卫了自己最后的圣地。

这是令人窒息的壮丽，红顶灰墙的修道院里一尘不染，没有人敢大声喘气，每个角落都散发着遗世独立的肃穆。“这里的美让我落泪。”我想起一位昵称叫“新金属回音”的网友对此地的印象，他对艺术过人的敏锐常常令他在流传于世的陈列品前不能自已。2002年，我们在一个音乐论坛相识，他是林肯公园乐队的粉丝，梦想去法国留学，进修艺术史，但这个梦想与父母要他尽早成家、传宗接代的愿望背道而驰。从唇枪舌剑到杜口无言，一提起与父母的冷战，他就打冷颤：“我不愿我的名字承载着他人的使命，我只愿在不为人知的晚年，为我享有过属于个人的荣光而欣慰。”

也许人生是个偿还的过程，有人为信念付出代价，有人为梦想付出代价，有人为伤害付出代价。2004年，《Hit轻音乐》杂志举办林肯公园乐队的歌词翻译比赛，首奖奖品是《流星圣殿》的黑胶唱片。我选择了他们带给我生命的第一首歌*Papercut*，但我在英汉词典里查不到歌名的意思。多年后我才知道，papercut指身体被纸边划出的伤口，就是看到出血但不觉得痛的伤口。有位护士告诉过我，越锋利的针越不会让人觉得痛，孩子通常是被针的样子吓哭的。恐惧，根植血脉的心魔，像被基因诅咒过的脆弱，并非每个人都有幸获赦。

恐惧的配方中，最重要的成分是未知，而这份未知被揭晓的时刻亦是未知。也许"新金属回音"的烦恼便在于此，他说自己走不出一座简易的迷宫，解不开一道简单的谜题——接近昏睡状态的子时，接近聒絮着流言的树林，他接近一个肩披黑色斗篷的老妪，老妪接近幻影的瞳孔里闪过怂恿他接近险象的微光："你敢用华年赌一个梦吗？"

那次比赛，我如愿将黑胶唱片纳入囊中，但我不满意自己的翻译。因为我没有能力准确表达出我在听歌时感受到的不安和压抑，惊悚像笼罩全身皮肤的蚁走感，刺痒难耐却无法缓解骨髓里的痛。歌曲的音乐短片将我拖进异境：步入空屋，一潭死水的波纹在残壁上漾动，碎光之间，血字咒语忽明忽暗。橱窗里缠着铁丝的人体模型脚下，密密麻麻的幼虫钻出翻滚拱动的麻袋表面……突然间，灯光熄灭，上千只荧光绿的蜻蜓挣脱麻袋封口，呈放射状喷涌，如同叛变的回忆借尸还魂，飞向我怀中破旧的布娃娃正在融化的左眼。

坚持与孤独大抵是孪生的。有多少回忆，为了抵消它们彻骨的凛冽，我们动用了一生的痴情。

新金属音乐的热度从2005年开始逐渐消退，最终被复兴车库摇滚和硬地音乐挤出了主流视野，青春的点滴似墨水坠入深潭，非预期的轨迹溶解于烟波，平静如初，又疯过、笑过。2006年大学毕业后，我很少再听林肯公园乐队的歌，那些给过我勇气的歌词，那些被纪律成功封禁的荷尔蒙仿佛闪回到16世纪拜占庭艺术的巅峰时代，严格奉行禁欲的僧侣心怀隐形的翅膀，在悬浮于尘嚣之上的迈泰奥拉，用双手制作出精美绝伦的塑像、史诗般的壁画、格局恢弘而纹理细微的木雕、图案胜过花腔装饰音之繁复的镀金烛台……一切不可思议的杰作透过遁世的极致在寂静中沉淀，成为信念无怨无悔的荣耀。

于是哲思抄本里的预兆缭绕升腾，揭晓雪崩般更迭的朝代，揭晓动过手脚的指南针暗喻的终点，揭晓温软红唇笑出利齿，揭晓滚烫的铅字在日月无期的漠视中逐渐冷却为化石。无数未经深究的图腾至今不露谜底，谁会在乎又一束光的熄灭？

我记得林肯公园乐队的巅峰时期。作为新金属流派的引领者，该乐队承受了42场试唱会无人问津的铩羽而归，终于凭借称霸互联网的单曲《疯狂边缘》拿到华纳兄弟唱片公司一纸合约，随后发行的首张专辑《混合理论》成为2001年全球最畅销专辑。千禧年的帷幕正式拉开，一批又一批新金属地下乐队从另类金属的母体中脱颖而出，一个个年轻的身影燃放着侵略性的魅力登上大舞台，用洞穿人心的肺腑之声向世界展示超越不屈、有如重生的力量——音乐是心灵抵抗挫折的亲密武器，它为人同时装备了爱与对爱的珍惜，当看破暗夜的双眸被绮霞沐浴，一触即发的热泪中映出的是灵辉，是炽火，是缪斯穿过苏醒的风暴送来的玫瑰色启迪。

我相信这股激情鼓励过许许多多个“新金属回音”。然而，忍受了漫长孤独才唤来曙光的最前沿的声音在被时代抛弃时候，必定会经历另一种形式的孤独。2010年后，行业生存的需要迫使许多新金属乐队转型、解散、重组。一句句放弃了游刃有余的音乐风格、在陌生的节奏里如同戴着枷锁一般的嘶吼，听起来就像留恋本身破碎的声音。流年的画卷虚实相生，从辉煌到沉寂的轮回中，又一番挑战开始，这是对恐惧、梦想，抑或是信念的挑战。不知从什么时候起，“新金属回音”不再登录论坛，他静止的灰色头像旁是不再更新的签名档：“我想逃离，却不说再见，我想知道真相，而非无休止地质疑，我想知道答案而非谎言，我想关上房门，打开心扉。”

敏感谦逊的天才，你来自乌托邦，一个过早唾弃我的天空之城。你选择不辞而别，也许我温和的处方不能将你挽留，降伏你心魔的目光闪烁在我的狂想无法触及的疆土。牵扰过度，我看到你被阳光拒绝的伤口开始发作，我愿你是此刻的君主，但面对现实末日般潦倒的穷途，我已丧失了尖叫和哭泣的能力。

有些暗色像影子，像余光里的污渍，像叹息将尽时微弱的尾音，阴魂不散，但是没有什么可以阻挡无形大于有形的信念。物换星移，不服输的无名氏依旧在流落平庸的暗色里默默安置起搏器，试图唤醒体内也许只是假死的爆发力。他们上下求索，希望找到那位乐意朝着自己的方向哪怕仅看一眼的神……反抗重力、拔地而起的石柱群像；破釜沉舟、绝处逢生的僧侣；屏蔽杂念，与色彩斑驳的古老木板画建立深度链接的鉴赏者；夜深人静，在录音棚里为爱呼号的黄骢少年，我深知你证明过你的努力。迈泰奥拉，我身着长裙缓步踏上你通往神域的台阶，这是我与你的初见，却宛如某种意义上的告别。

德尔斐，大地的神阙穴

德尔斐，泛希腊圣地的代表，最初以非自愿形式进入我的视野——编程教材上具有催眠功效的铅字——宝蓝公司软件工程师丹尼·索普为避免歧义和技术窃听，借用古希腊女祭司皮媞亚的圣所“德尔斐”来命名 Windows（视窗）平台下 Object Pascal 语言集成开发环境。原以为结课即永别该词，孰料 12 年后，我竟伫立在帕尔纳索斯山南坡阿波罗神庙的遗址上，默念出这剂埋在记忆深处的药引，仿佛一曲缺席自然小调的多利亚调式，等来了久违的 C 小六和弦。六识拨转秋光的罗针，眼前浮现出众神之主宙斯威严的形象，他吹起长须，挥舞臂膀放飞两只金鹰，一只跃向日出，一只追随日落，待双鹰汇合时，他向尘世抛落一枚锥形石，轰隆巨响标记出“世界的中心”，又称为“大地的肚脐”——德尔斐。

锥形石是减去雕饰的，伴有年代久远的磨痕，简洁得有些简陋，置身天堂的废墟中，只有凭借想象力才能构建出它波澜壮阔的原貌。阳刚、平衡、方形元素聚拢于此。高度 8 倍于宽度的多立克柱式等距排列，前后各

6 根，两侧各 15 根，多孔石柱头流畅的卵形花边与棱角分明的顶板环绕出阿波罗神庙的雄壮之美：庙顶覆盖着帕罗斯岛大理石，东侧山花墙刻有阿波罗与母亲勒托、狩猎女神阿耳忒弥斯和文艺女神缪斯的浮雕，西侧山花墙装饰着酒神狄俄尼索斯和女信徒们的肖像。柱间壁悬挂着波斯盾牌和高卢盾牌，它们是希腊人缴获于公元前 490 年的马拉松战役，以及公元前 279 年击退高卢人入侵的战利品。

走进庙宇，光线转暗，皮媞亚身披红袍坐在禁区阿底顿细高的三足椅上，左手握月桂叶，右手端浇祭盘，在微香的雾气中若隐若现。前来问卜的信徒在她脚下排成长龙，他们中有即将出征的将领、雄心勃勃的商户、含羞怀春的青年、顽疾缠身的老人……问卜日限于每年九个月中的第七天，问卜过程烦冗。皮提娅首先要在圣泉中沐浴，饮圣水，燃烧月桂叶，然后用一头山羊祭牲，在提问前，问卜者还得献上祭祀面饼。皮媞亚睡眼惺忪、醉呓连连，传达出的神明之意晦涩难懂，她的助手必须将其转译成六音步诗行的韵文。历史学家斯特拉波曾写道："据称神谕传出的位置乃一大空洞，洞深而口狭，从中冒出'灵气'，为神力的来源。裂口上方置有一把三足椅，皮媞亚端坐其上，吸入气体，吐露预言。"后人研究表明，“灵气”可能是来自神庙下两个地质断层中挥发出的乙烯类物质，这种物质具有麻痹神经的作用。

神谕准不准？公元前547年，吕底亚国王克洛伊索斯询问皮媞亚他是否应进攻波斯，被告知一旦进攻，一个伟大的帝国将毁灭。克洛伊索斯听罢喜出望外，毫不犹豫地出兵作战。结果真有一个帝国毁灭了，那就是他自己的帝国。后人普遍认为，克洛伊索斯的愚蠢导致他误解了神的旨意，但如此语焉不详的预言令人如何解读？神是否有意以模棱两可的回答掩饰自己能力的限度，为潜在的误判开脱？这样一来，即使预言失效，也好以高位自居，将失败理所当然地归罪于凡人？《荷马史诗》将阿波罗歌颂得至高无上——阿波罗初到德尔斐时化身海豚，背驮着来自他出生地得洛斯岛的祭司，因此德尔斐（Delphi）得名于海豚（Dolphin）——那么阿波罗是否有足够的信心和能力延续人们对他的虔诚？

神谕值不值得求？俄狄浦斯从皮媞亚那里得到弑父娶母的预言后，历尽千辛万苦试图摆脱命运的魔咒，却担雪填河。若当初他不去问卜，是否就不会离开养父母漂泊流浪，也就不会与亲生父母有交集？是否神谕在冥冥之中左右了事态发展，成为悲剧的诱因？换句话说，若预言无法改变命运，只为本已苦短的人生陡增烦恼，那么提前得知又有什么意义？

然而，当局者迷，唯有凭借盲目的信任来滋养懵懂的热忱。站在神庙前俯瞰，狭窄迂回的圣路两侧耸立着由各个城邦修建的宝库，里面存放着献礼阿波罗的珍宝。祈福的交易性质决定了人们必须向神进贡，才能换取恩宠和点拨。半山奇光异彩中，最耀眼者非锡夫诺斯宝库莫属。锡夫诺斯岛是爱琴海基克拉迪群岛中的一个岛屿，盛产金银矿石，岛民用十分之一的收入建造宝库，以半感恩半炫富的方式称霸爱琴海岛屿乃至整个希腊东部的艺术领域。

此宝库尽管小巧，却极尽奢华。纯大理石建筑，色泽绮丽饱满，浮雕覆盖每寸暴露于空气的平面。象征希腊建筑典范的爱奥尼柱式纤细高挑，柱体布满优雅隆起的睡莲与玫瑰图案，柱顶缠绕着双螺旋纹路和棕榈叶罗缀的涡形装饰，檐沟处雄狮目光炯炯，边墙延伸至前廊构成壁角柱，与两座女像柱共同支撑山花墙。女像柱蛾眉杏眼，头戴波纹薄亚麻，鬓佩金属发饰，肩披斜式长衣。这种以女像柱代替普通柱式的建造方式，比雅典卫城的厄瑞克忒翁神庙早了一百多年。四面山花墙依次雕刻着赫拉克勒斯与阿波罗的三脚架之争、提坦之战、特洛伊战争，以及特洛伊战争的导火索帕里斯评判的场面。

前瞻性的设计、戏剧化的造型、史诗般的陈述全要归功于小亚细亚保守派艺术家与阿提卡半岛激进派艺术家的绝妙合作——庄严与浪漫，朴素与绚烂，纯洁与妖冶，柔美与粗犷，多样性千回百转交融一体，如午夜焰火般喷薄而出，给人以强烈的视觉冲击，企图达到雕塑美学的极致。

众宝库里琳琅满目的祭品同样令人叹为观止：罗马卷发美少年安提诺乌斯的雕像颔首低眉，其神色如月光下收敛的湖面，任何掠过他的视线都不愿移开。安提诺乌斯是古罗马皇帝哈德良最喜爱的男伴，他们之间保持着柏拉图在《会饮篇》里最为尊崇的恋人关系。可惜安提诺乌斯英年早逝，坠入尼罗河溺毙的时候未满 20 岁。阿尔戈斯城的双胞胎运动健将克琉比斯和比同被制成古希腊罕见的巨型雕塑。相传他们的母亲为他们忠于神明的精神所感动，向宙斯之妻赫拉祈祷，希望儿子们能获得最好的礼物，于是赫拉让克琉比斯和比同陷入沉睡，永不醒来。天妒红颜，如果青春是最好的礼物，那么面对时间的流逝，万能的神也无能为力，只有掐灭生命之火，留给尘寰一声叹息。

“认识你自己”“妄立誓则祸近”“凡事勿过度”，转回头来，看到神殿前廊墙壁上出自古希腊七贤的箴言，我正要凑近细读，脑海中顿时嗡鸣作响，只见山花墙轰然倒塌，四周朝圣者的身影熔化于灿烂氤氲，待滚滚浓雾散去，所有繁华灰飞烟灭，遗址恢复了固有的荒凉与岑寂，只剩来自世界各地的游客如我一样走马观花，漂游在断壁残垣间浏览景点注解，交头接耳，拍照留念。我如梦初醒，似乎经历了一场无从深究的邂逅。

其实，阿波罗并非最初掌管德尔斐的神祇，德尔斐也并非如《荷马史诗》所说得名于阿波罗，德尔斐在古希腊语中意为“子宫”，是人们对大地女神盖亚的敬称。阿波罗来到德尔斐前，人们一直向盖亚求神谕。在公元前1400年左右的时候，德尔斐有个旧名叫“皮托”（Pytho）。皮托是传说中守护盖亚神庙的巨蟒。后来阿波罗看中这块宝地，便射杀了皮托，取代了盖亚。阿波罗不是创世神，也不是翻修师，最多算个殖民者，夺来祖先开采出的璞玉浑金照猫画虎继续打磨。现存的阿波罗神庙并不是最初那座。据说毁于公元前373年大地震的那一座神庙最为豪华，由帕罗斯岛享誉盛名的白色半透明大理石所建，遗憾的是昨日辉煌已无迹可寻。

“认识你自己”，先哲一语成谶，神明也在劫难逃。摧毁盖亚时代、开启神谕巅峰模式的宙斯之子阿波罗是否自知之明，预见到数百年后自己被终结的命运？公元392年，康斯坦丁大帝一统诸教，阿波罗神谕沦为异端邪说。人们不再相信预言，神庙无人问津，圣地逐渐荒废。大地如同白纸，曾经，多少精美纸艺如春笋般林立，又被风暴夷为平川，只留下依稀可辨的褶痕。即使肚脐、元神的门户，也经不起移宫换羽。时间的卷轴上，历史从不在乎共享空间，只在乎以现世的狂妄埋葬过往的经典，而乐于挑战的人类将继续在层层堆叠的天堂之上，为灵魂寻觅不设极限的归宿。

神阙穴已成为遗产，当文明的受精卵着床于蛮荒，野心和欲望开始扩张，形象思维与逻辑思维的潜能亦被无限激发。百世轮回，千年缱绻，直到多神论的脐带不足以给养并支持信仰的跃迁，宙斯注定收回沦为过去式的权威，放手人类独立面对未知的征程。无须依靠卜筮，分析判断能力进阶为命运的主宰。德尔斐作为脐带脱落的伤疤，与其说是旧神给人类的小小惩罚，不如说是人类斩获自由的勋章。

迈锡尼，世界知道你来过

这是一座被信任抛弃过的城池。《荷马史诗》将它描述得过于天方夜谭，以至于人们认定它是虚构的地标，直到德国商人海因里希·施里曼为实现童年的夙愿，置旁人讥嘲与亲手打造的商业帝国于不顾，从42岁开始投身考古，钩玄猎秘，才终于擦亮了古希腊青铜时期华美绝伦的尾羽——迈锡尼，一座3000多年前的神话古城重见天日。

古城的入口“狮子门”巍峨窄小，驻足其下，不要说心怀鬼胎的入侵者，就连游人访客都倍感威慑力的压迫。“狮子门”得名于入口上方三角形巨石正面的浮雕：两头狮子一左一右，侧身呈水平镜像，共同面对中央一根坐落于祭坛的克里特式石柱。它们的前足踏上祭坛，后足踮起，脊背向石柱倾斜，组成等腰三角形的两个腰。狮子门符合遗址的重要特征—— 残缺。传闻中的巧夺天工没留下太多证据，狮子被岁月之斧砍掉了脑袋，巨石从原本的三角形变成梯形，令我想起缺了鼻子的狮身人面像，有棱角的部分往往首先被削平。在我眼里，圆形是比三角形更稳定、更安全的形状，是足够大的天体不敌自身引力势能而趋向的终态。圆融，圆通，圆滑……“圆”字遍布的褒义词中，超脱痛苦的彻悟是圆寂——僧徒之死，诸德圆满、诸恶寂灭。不管有无信仰，众生都随着脚下的星球旋转，置身命数里无从察觉的轨道，接受日月的照耀，我们无时不被“圆”所庇佑。

玄机四伏的高墙内侧，皇家墓穴呈涡旋状铺设，复杂的构造酷似钟表剖面图，独眼巨人的酒窖如函车之兽裸露的内脏和风化的骨骼……被时间剥夺了九成原貌的奇观反向生成视觉疲劳，我拐入一片阴影，忽见似曾相识的建筑从逆光中浮现——露天剧场。

古希腊的露天剧场依山而建，观众席顺着缓降的山坡铺造成碗状弧面，环拥山脚下的舞台。因地制宜的工程省时省力省经费，在取得良好视觉效果的同时，也达到令人满意的听觉效果：因为半圆形展开的结构相当于声音过滤器，可以抑制环境中的低频噪音，让表演者的声音更加清晰。就算表演者发出的部分低频音被抑制，根据神经学中的虚螺距现象，人的大脑也能自动重建缺失的低频音，所以观众基本不会受到影响。最古老的露天剧场位于雅典卫城南侧——狄奥尼索斯剧场建于公元前 6 世纪，可容纳 17000 人。这座饱含了人类建筑设计理念的宏伟“鸟巢”曾孵化出一幕又一幕经典悲喜剧。我本以为人们爱喜剧胜过爱悲剧，毕竟笑声是驶向解压的直通车，没想到导游解释悲剧比喜剧叫座，当看到王族神祇为情所困，在杀戮触发的连锁反应中厄运缠身，生不如死，普通百姓震惊之余不免心安，庆幸拮据是福，平淡是宝，“贫贱夫妻百事哀”的抱怨似乎也成了庸人自扰。

我对爱情抱有天然的悲观，向来排斥言情作品。对我来说，当年热映的《泰坦尼克号》《罗密欧与朱丽叶》《廊桥遗梦》不过是浪漫主义者的理想宣言。比起借幻境逃避，我愿以背水一战为代价换来无悔的抉择，也许那是我激发潜力的手段。很久以前，我也如《山月记》中所说：“我深怕自己本非美玉，故而不敢加以辛苦琢磨，却又半信自己是块美玉，故又不肯庸庸碌碌，与瓦砾为伍。于是我渐渐地脱离凡尘，疏远世人，结果便是——任愤懑与羞恨日益助长内心那怯懦的自尊心。”然而，越发紧迫的现实逼我摆脱了自相矛盾的雏形，在每一个设帨之辰的倒计时中，我意识到清高与沉默不代表反抗，而代表窝囊。遗忘的城墙那么冰冷、那么厚，声嘶力竭都无法抵达的另一端，凭什么特许我做骑墙派？

看久了剧场的台阶会有眩晕感，成千上万颗石头像密密麻麻的像素块，沿着悠长的弧线如马齿般排列，彼此类似，却不尽相同，拷贝粘贴的过程中偷偷添加了自身个性——微调的灰度。那是光的魔法，让每个蠢蠢欲动的起伏都拥有明暗变化。记得儿时学素描，为了捉住两处狡猾的灰色，一处受光，一处背光，我耗费数小时雕琢几个多面体的透视关系，恍若潜入芳林寻找一支秘制灵签，求来苍茫虚空所掩埋的令人振奋的、不可预知的艺术……这是否比得上施里曼万分之一的癫狂？

恍惚中，我回想起在土耳其库萨达斯岛上看到的华裔少女，她在空无一人的露天剧场中——或许有人，我记不清了——身着红色汉服，光彩夺目，海市蜃楼般翩旋在铺天盖地的灰白色调间。她忘情地起舞，偶尔凝固的动作表明她暂别此刻所处的维度。离她不远的角落，褐发披肩、缁衣过膝的女摄影师万事俱备，静待炽烈与冷峻、生机与肃穆、柔媚与宏伟、东方与西方完美交融的刹那，以狂欢式的爆发力出手捕捉。

如果没有她们二人的沉浸，我不会意识到其余人的敷衍。包围我的人群叫嚷着拍照，喧哗声盖过导游手举的扩音器音量，某位老妪英文欠佳，要求导游将解说词翻译成中文复述，其他游客不满，以最大肺活量咆哮着催促队伍策马扬鞭。我无法继续与红衣女孩共情，只好最后一次望向那抹被喧嚣蒙尘的亮色，仿佛致谢美神施舍我的、怜悯中的一角裙裾。

花辰月夕，流光瞬息，历史的书砚上，即使“天长地久”，也不过半滴蒸发的墨渍，一切深情皆无情。一目十行，扫过百年兴衰——迈锡尼、迈锡尼文明，还有记录迈锡尼文明的线形文字 B。长期以来，线形文字 B 的破译一度陷入困境，直至一位与施里曼同样执着的勇士横空出世，14 岁的英国少年麦克尔·文屈斯以梦为马，立志攻坚，在美国教授爱丽丝·科贝尔的研究基础上焚膏继晷近廿载，取得了 20 世纪文字研究领域的重大突破。不同时空坐标系的学生时代，我与室友等到宿舍熄灯后，打着手电筒钻进被窝看漫画书，麦克尔则在被窝里研究线形文字 B。他为学业和职业争分夺秒，就像缺水导致希腊的水果甜到极致，缺时间的建筑师兼英国皇家空军导航员麦克尔，凭借从未列入他简历主页的“消亡语言的破译者”身份，成就了人生的辉煌。奈何死神吝啬，在麦克尔 34 岁那年收走了他的全数才华，用一场车祸终止了他的生命，也中止了线形文字的解读进程。像彗星划破夜空、烟火点亮沉寂、沙堡直面洪涛，我忆起一首叫作《转瞬即逝》的歌，它来自一个英年早逝却永驻我心的人，名字也叫迈克尔。迈克尔为患绝症的孩子写下的这首歌，后来被爱他的人用来纪念他。迈锡尼考古博物馆里，隔着展柜玻璃和矩形木框的双重囚禁，我凝视暖光源下线形文字B神似俏皮简笔画的音节符号——簇簇花冠从无章可循的沼泽中仰起脸，热烈倔强地绽放遥不可及的璀璨……我沐浴着瞬间的震撼，寄往天堂的句子溢出盈眶的泪，在不下雨的迈锡尼，种下那个滂沱的永昼：

“今天是你离开我的又一个七年，和七年前的今天一样，晃眼的雨滴从墨色压顶的深空中坠下，挥舞着来自陌生国度的笔画。我知道这封天书里，腾涌着无人能够破解的你的悲伤。那天比此刻真实。那天我把你的名字写在手心，每道刺痛都写下不需要时间介入的怀念，像不需要伴奏也让人哽咽的唱词，我在缺氧中徒劳地寻求公正的答案。

“袖珍使者轻握凌霄殿摇落的松针，插入藏宝图上未标出的孔穴，旋转，解锁锈蚀的心扉。银丝织出绵绵悔恨，开启一场恢宏无望的告别。风把我的伞骨吹弯了，疲倦愈演愈烈，抓不住陷入流沙的光，我知道那是你的叹息；雨在我皮肤上留下隐约的凉意，绝版线索以触觉的敏感度做赌注，我知道，那是你秘而不露的问候。

“我依然可以模仿你的签名，曾经出现在我梦中的、以后只能出现在我梦中的原创图案，是你在世间留下的印迹。‘我愿浪迹于青山外，不问今昔何年。也曾眷恋惊鸿一面，扰乱过半生思念。叹人间，一曲风流唯少年，将白驹轻踏，寻山海作诗篇。’希望你离开前，已在不知名的别处走过了无忧的一生。而今唯见虎啸风驰，简体的讣告搭配符合工业染色标准的绢花，待礼品盒准时送达你的住所，又一场哑剧落幕。”

麦克尔·文屈斯走后，人们用他的姓氏命名月球背面赤道区的一座环形山，那是无法从地球上观测到的景象，一如他来自传说又匆忙转身返回传说的宿命。他刚刚启动的梦想后继无人，与线形文字 B 藕断丝连却年代更早的线形文字 A 依旧是悬案，密码重置为密码。小时候以为再见必是再次相见，以为过失总有机会弥补，以为罗曼·罗兰那句“世上只有一种英雄主义，就是认清生活的真相之后依然热爱生活”一点也不难实现，可当我慢慢长大，才知道没有什么比摧毁婴儿期的希望更叫人扼腕叹息，因为拥有之后的失去远远痛过从未拥有。濒死的徒步者在沙漠中看到悬浮的绿洲，以为努力换来了回报，但过早的习以为常只会产生否极泰来的错觉，回报从来不是磨难理应的结局，真正的理所当然是无尽轮回的磨难本身。

掌心残留着雨的诗意，雷霆洗劫后的回音预言着下一个七年的旋律。于是变色龙不再是概念中的龙，它被做不完的梦流放到越来越瘦削的彩虹中。从斑斓的昨日苏醒，从浩瀚的废墟再度启程，从一个音符到一部交响乐、一个偏旁到一卷万言书，以穿石之滴水护身，踏入旁观者无从感受的绝对寂静……信念送出我的祝福，与迈锡尼一样昙花一现的美，这个世界知道你来过。

Chapter | 第二章

渐　变

渐　变

我的笑纹，来自命运之手不经意间的斫痕。

——题记

在接到那个电话之前，我像对待其他参加过的文学奖一样：把新买的“彩票”放进抽屉，偶尔做做白日梦，梦里充满夺走人思考能力的褒义词和喧哗声，还簇拥着鲜花、笑容和闪光灯。

但这次不同，报名三个月后，评奖办专门打来越洋电话：“你的作品在写法上有突破，有望获奖，请静候佳音。”

天外飞来的宠顾像一场若即若离的蒙松雨，在心路上点出水洼，一缕猫掌风划过，捎来几片半透明的花瓣，里面盛着青春的娥影。回想年复一年，我笔耕不辍，梦想出书，奈何出版社看重名家；我排除万难，成功出版，只求心血不被埋没，奈何读者大多慕名而来；我买下宣传稿，欲提高知名度，奈何媒体平台嫌我没流量，拒绝为我的书做推广。这种死循环像极了我第一次申请贷款时陷入的困境：没有贷款历史记录，就算有足够存款也无济于事。我向杂志社投稿，不是石沉大海，就是收件人信箱已满，稿件无法送达。有时好不容易通过一次初审，却在终审环节被人情稿替换，即使发表，评语篇幅也要让位名家之作。故乡有家老牌刊物许诺，如果在投稿信封左下角贴上杂志图标，必有编辑回信。父母为了支持我的文学梦，订阅了全年杂志。为确保无误，母亲先打电话到编辑部，问清楚杂志图标所在的期号和页码，父亲再把我的文章打印装好，贴上图标，徒步两站地，亲自将稿件送到编辑部。然而他回来后有些惆怅地劝我别抱太大希望：“一间昏暗的办公室里，一个有气无力的声音从堆成山的稿子后面飘过来：‘新人投稿啊，先撂那儿吧。’”渐渐地，我养成了投稿不留名或篇末署名的习惯，生怕编辑认人不认文。参评不能匿名的文学奖，我一直给前辈们当陪跑，跑得马不停蹄，精疲力竭，莫非这次，上天看到了我的坎坷，特许我否极泰来？

半信半疑中，又过了三个月，初评结束，我竟然真的入围了，评奖办通知我的时候强调：“唯作品是论，乃主办方宗旨，我们立志做清流。”

寥寥数语，句句贯心。近年来，质疑文学奖内幕的论调甚嚣尘上，我何尝不愿以亲身经历为据对其加以反驳？以该奖的影响力，作者一旦获奖，便会有杂志社登门约稿，出版社资助出书，以及各种计划外的机遇和曝光率……恍若步入紫毫笔抽离不久的气息中，我看到偏旁部首组成的谜面，笔画将我分身到不同空间，眼前尚未破茧的蝴蝶刚从上一座花园里款款升仙。未完结的字把余墨泼向长夜，任其渲染黄卷青灯衍生出的幸福。

可惜，“福”像个道听途说的多音字，落到我身上的永远不是主流意思，我晋级的脚步止于三个月后的终评会议。“很遗憾，你以一票之差落选，部分评委有自己的考虑，我们只能尊重他们的选择，请见谅！”电话那端，评奖办工作人员重重叹气，紧接着，我在新闻里看到获奖名单。果不其然，名家……北风无须策谋也深知如何恰到好处地吹散絮语，同时关闭可能产生絮语的嘴唇。围绕以“文无第一”为中心展开的投票，体现出评委的明察秋毫。

她常年旅居异国，为什么不去参评海外的奖项？她会画画，怎么不去参评画展，反而要来参评文学奖项呢？她年轻，以后还有机会 ……终评会上，我本人显然比我的作品更值得讨论，而我的作品倒像件赠品，只等评审会圆满结束后被妥善地处理掉。

有什么语言能够描述漫天花火一朵接着一朵碎掉的落寞？就是那种不得不告别之前的、不知从何开口表达的落寞？我感谢评奖办的良苦用心，也理解他们的无能为力。我本是抱着重在参与的心理，却被赠予奇迹般的惊喜，喜悦由远及近，由虚到实，由弱至强。九个月的悬念牵引着我，越走越漫长，每封喜报都垒高一层我的梦想，在几乎看到塔尖的时刻，我忍不住伸手触摸，没想到朱楼碧瓦轰然坍塌，芬芳凋落，咒语般的虹光碎得袅袅不绝：“现在请服从安排，乖乖离开，趁着愤怒延迟，躲过夭折的花事，你要慢慢消化一场梦的过去式。”

退稿，落选，挨白眼，被冷嘲，被热讽，被冷嘲热讽，我早已习以为常。可此刻，我为一个常态的结局而感到意外伤心，甚至暗自埋怨与我全程沟通的热心人，如果我一直被蒙在鼓里，此刻一定会为入围而狂喜。美剧《越狱》里，被诬陷的林肯·巴罗斯等待死刑的时候，对前来营救他的弟弟迈克尔·斯科菲尔德说：“本来我已经接受了即将到来的一切，但你出现了，给了我一样我这种处境的人不该拥有的东西——希望。”

希望原本就是失望的先决条件，怪我手欠，犯下虚荣的罪孽，如今只能自作自受。一枕黄粱，一切如故，一想到还要在文学路上继续承受不知多久的打压，我就万念俱灰。一连几天失眠，接着一连几天昏睡，什么都不愿说，什么都不想说，从失落、疲倦到沉默，我浑身上下呈现出来的是让我厌恶到极点的懒惰。

自知不能如此下去，忧郁本是装不满水的克莱因瓶，我偏要抵达无定向性平面的外部，一切皆是内耗。只是我的疑惑多于遗憾，原以为有人比我需要这个荣耀，无论是靠它评职称还是进作协，可龙虎榜上大半人马的头衔已经多到令人咋舌，他们为什么需要这个奖？莫不是为了一笔对他们来说算是象征性数额的奖金？

一位相识的编辑向我解释，文坛名家也需要不断刷存在感来缓解被遗忘的危机感。我不解，作家拼的是文笔，难道不应该宁可不写，做江湖传说，也不能尽写鸡肋之作？她笑道，很多作家成名后心思便不再纯粹，专注于交际，作品质量难以进一步提升，况且资历与涵养无关，她曾参与过一个文学奖的组织工作，评奖为求公正，对参赛者全程匿名，结果不少名家惨遭淘汰，其中有位耄耋之年的泰斗打电话怒斥主办方，气到犯病，从此该奖放弃匿名评选方式。

错愕震落了存放基本礼节的都丞盒，我对某些称谓的印象继续错位。再一想，文人相轻，天才又命运多舛，很少有人能做到苏轼或木心的豁达，我不该少见多怪。

即便没有名家，你也会卷入与新锐作者的激烈竞争中，编辑接着说，自己当年背井离乡到某市发展的初衷，是为了参加某个享有盛名的诗会，结果连续几年与诗会失之交臂，才发现各地青年才俊一路走来，不仅要靠作品，还要靠人际交往的十八般武艺，你一记冰蚕掌，我一招寒阴箭，他转身再来个回风舞柳，剑走偏锋，不容小觑啊。她轻描淡写道，像在讲述哪篇格林童话。可我听得胆战心惊，我想我能做的只有克己慎独，笑看别人的舞台上贺函飘飞，烟花盛放，掌声雷动，聚光灯后的阴影宛如无关紧要的把柄，一直在场，却从未被关注。

你又能怎样？

其实，即使评选过程无可置疑，候选人的频繁露脸也难免成为干扰因素。美国作家艾莉森·格林在《远程员工是否更容易被解雇？》一文中提到，在多数员工到办公室工作的环境中，哪怕远程员工业绩出色，也容易被列为裁员首选。因为大家总认为他们不如办公室员工对工作投入的精力多，这种判断无根据，纯属人为偏见。在文学界，我的角色甚至不如远程员工——业余选手，圈外人，少数派。外加我内向、脸盲，缺席社交活动，零参与度注定了零可见度，也注定了众人眼里的我对写作的态度。当评委拿起候选人名单一眼扫过，一个是熟人，另一个是我，投票结果可想而知。

没有纠结的必要，任何百分百的荒谬必然式微渐止，该奖举办至今，口碑扶摇直上，自有其合理之处。的确，我在榜单上仔细寻找，找到了靠实力取胜的作品。看着作品主人的名字，我想到不久前，儿子被邀请参加美国公立小学的天才班选拔考试，入选天才班的条件很复杂，学生不仅要在数学、阅读等常规科目的考试中取得好成绩，还要满足演讲能力、应变能力、幽默感等软指标的评估标准，而这些软指标的评分来自各个老师对该学生的主观印象。有意思的是，计分规则中有这么一条：如果一个学生所有的科目都考了满分，那么他可以跳过软指标评估，直接进入天才班。我小时候父亲告诉过我："考 99 分和考 100 分的孩子貌似不分伯仲，实则是天壤之别，因为考了 99 分的孩子只有考 99 分的实力，而考了 100 分的孩子也许有考 150 分的实力。你只有具备超过，甚至远远超过考 100 分的实力，而且是那种就算发生意外也影响不到你成绩的实力，你才能保证自己考 100 分。"

可惜我没能如父亲所愿。当年，我刚进大学的时候受学长提示，保研名额六人，只有专业成绩排名前三才稍可放心。毕业前夕，排名第四的我因遭遇“技术失误”——一门百分制拿到92分的科目被电脑登记成零分——顺利无缘前六，由于对前途另有打算，我一直以局外人的姿态冷眼旁观，奈何身在此山中，“局外人”不过自欺欺人，这次我在劫难逃，深感切肤之痛，不知算不算开了窍，至少算开了眼，尽管开得有点晚。当然，不管我知晓与否，事实都不会改变。面对箴言“你要同流不合污”，我啼笑皆非，这般境界是否值得我去追逐？也许父亲更了解我的性格。绝不合污，却做不到同流，我本以为我需要这项奖来证明自己的水平，没料到这项奖需要我的水平去证明它的公正，更没料到的是，这种证明难于登天。好比即使碘化银和干冰帮沙漠哭出一场人工雨，也无力缓解遮天蔽日的燥气，“胜者为王，败者为寇”的信念容不下怜悯，小雨滴要用毕生练习放弃。

手中握的钢笔有些沉，给予它重量的不是墨水，而是逾期滞留的泪。恍惚中，我听见规律有序的嘀嗒声，仿佛来自冥冥之中虚实相生的夜光表，它敲开苦恼，敲透彻骨的悟，敲醒失意者无人问津的心跳。从喜到悲，再走向不悲不喜，我正经历着艰难的渐变。“喜”像是与倒影调情，下意识演绎着希腊神话中有关水仙花的预言；

“悲”是面对涨潮的海发呆，站到双腿麻木，也听不到疾风吹枯了尘世仅存的回音；“不悲不喜”是堆起沙堡，然后把目光伸进这座倒计时中的桃花源，观测它内部的海啸。不过我所经历的悲不完全是悲，因为我结识了欣赏我作品的人，我相信读者的反馈是给予作者最丰饶的安慰。

悉数被时间相中的艺术家，谁不是殚诚竭虑地去创作？尊严、权力、地位、财富……甚至神谕，没有什么可以逃脱时间的裁决。当荣辱升沉灰飞烟灭，时间这位不动声色的真理代言者为嗷嗷待哺的灵魂分配的遗产唯有作品，一部又一部令人惊艳、沉思、迷醉、癫狂的作品。我想起私人收藏夹里的歌单，它总被我的墨笔引来复述流金岁月里的自己，怀念的维度远远超越歌曲本身——倘若我爱的他活在我的回忆里，我活在他的作品里，那么我们是否获得了某种程度上的永生？每首歌都填补了听觉齿轮上的一处齿槽，填充物高于齿顶，变齿槽为齿，令齿轮一圈圈扩大，却总也拼不成一个圆，于是我拥有了更大的齿轮，向前滚动，寻找，盼望用更多的旋律来填补梦的沮沟。神经逐渐敏感，不断从未来的音符里挖掘旧事，直到耳蜗抵达彻底的寂静，如同攀上峰巅，眺望万里冰川缓缓融流又环环相扣的布局，在慢镜头滑动变焦的真空中，俯瞰命运赤裸的模样。

——百孔千疮，谁言退场？谁又能正襟安坐于无相梵刹之禅堂，挥散虎墨沉香？我扪心自问：你有没有能力写出这样的作品，它无须制造光源也是中心，它温暖过并且大于这个世界，它的每个词都为六欲提升了配置，每句话都为七情示范了舞姿。如果没有，那就继续写吧，一直写到你生命熄灭的时刻，除此以外，什么都不重要。

终极穴居

1

似乎已经没有了交流的必要，我们变成了知己知彼的“陌生人”。或许我太乐观，将“羽绒服”视为知己，但不知从何时起，我自以为是的知彼构成了对他的威胁。如今，我依然不认为这种威胁有发生的可能，至少不可能发生在我俩同处的时空坐标系中。他的身影非我所能望其项背，我必须全速奔跑，才能把自己留在他回头一望的视线范围内。

一切始于我的慕强，甚至在我见到“羽绒服”之前，他下笔如有神的才华已经引诱我缴纳了超额的信任。我喜欢听他回忆往事，那些在我看来云淡风轻的情节可以被他提炼出直击心灵的震撼。他像个坐拥万贯素材的富翁，无论信手拈来什么，都会点石成金。取之不尽、用之不竭的灵感给了他玩世不恭的资本。他说有个女孩是他多年的粉丝，曾坐火车2000多公里到他出差的城市看他，当时他刚吃完午饭，正在开会，让女孩到他住的宾馆大堂等着，因为他觉得那里环境好，而女孩则认为受到了怠慢，赌气回到她自己住的宾馆，直到吃晚饭的时候才肯出来见他。我问："见面后你有没有向她解释？"他睇目微哂："没必要。""你伤了她的心！""那又怎样？晚上叫她出来吃饭，她不还是乖乖就范？"

刻薄之词裹上柔软的语调，像涂满鲜奶油的冰冻蛋糕坯，让我难以下咽，却无从反驳。"羽绒服"浑身各向异性放射的热量光子如催眠般包围着我，施以我波谲云诡的不可抗力，类似天文学读物上对亚尔科夫斯基效应的解释：当小行星吸收阳光和释放热量的时候，其自身也会受到一个微小的推动力。负才任气悄悄液化在理智的阴面，我将"羽绒服"的落拓不羁视为白圭之玷。

我从不掩饰对他文笔的倾慕，常把觊觎之心挂在嘴边："很多作者将成功归于经历，其实经历丰富的人比比皆是，能够真正下笔落实并重现精彩的人寥寥无几。你预言般的执行力，我望尘莫及，但我依然要追你，即使'求其上者得其中'我也满意。"面对我不加克制、源源不断的输出，原本恃才傲物的"羽绒服"竟表现出些许局促不安的谦逊，这在我看来可爱又可贵。

囚禁我们心灵的往往是我们的软肋，也许伤口会结痂成关押情绪的槛窗，很多写作者化解不了被性格下的咒。作协申请表上的必填项、投稿基本格式要求、匿名征文的忌讳内容……任何普遍规则都可能伤及个体自尊，乃至造成对名誉的侮辱。如果哪位文学评论家没有在论述中提到某作家，哪怕是一时疏忽，也难免被该作家长久记恨。混迹在迷恋字句的群像中，我们朝兢夕惕地盘踞着傲慢与卑琐的缓冲带，一边是天才，另一边是痴人。

谁让我们不知不觉高估了自己的存在性？要知道，一个不在乎你的人不会浪费一秒钟了解关于你的一切，所以我写的东西昭告天下也不会博来关注——我的无足轻重给了我百分百的安全感。我垂头丧气的言论激起“羽绒服”的好奇心，他劝我莫妄自菲薄，并愿意花时间读我的作品，给出建议。我为他的用心而动容。一朵被忽略太久的小花，一滴露水都可以让它报以全部的眼泪。

我眼中的友谊纯粹得像镜子，没有尽头的通透足以包容奏鸣曲里的变调、辩论中的无理取闹、多数派不以为意的副标题，以及无伤大雅却压迫神经的秘密。信任是我们的暗号，同频的眨眼使我们避过了彼此的盲点。所以当我推荐“羽绒服”参评一个文学奖，是纯粹希望他再攀高峰，尽管我早已报名并且明知他的参加意味着我必遭淘汰，但若我不对他信息透明，我将至死鄙视自己生于自卑的私心。“羽绒服”发誓绝不参评，他只求我获胜的语气中颤抖的诚恳让我感动，我们连无私都那么一致。

我发自内心崇尚公正纯良的秩序，所以我愤世嫉俗，走旁人不理解的路，不经意地与现实对抗。当闪光灯聚焦领奖台上的赢家时，我更愿把目光投向殿军、入围者、被提名人……没有这些由庞大基数支撑起来的功败垂成的名字，窄小的塔尖将不会绽放耀眼到险恶的显赫。坚信丰城剑气，我隐隐期待凭借一次又一次磨炼来完成实现自我价值的终极涅槃。

“羽绒服”惊讶于我近乎偏执的狂热，说我身上有股可怕的力量。我告诉他，那力量像冬夜寒冷刺骨的水，浇灌我时刻保持傲霜斗雪的警觉。他说他愿意用满腔热情温暖我，只怕我会陷入倦怠。其实我的心不总是冷的，我也渴望温暖，才华是我向死而生的火种，只要满腹珠玑的他肯在我身边，说一句“我和你想的一样”，我便如暗室逢灯，别无所求。

是啊，我多希望“羽绒服”能如我所想，与我一样。当知己送来褒奖，被读懂的人除了感动，还能有什么？

我给“羽绒服”发去我的新作，他称赞其“片石韩陵”，我“誉必待试”的谦辞出于尊重，实际上，受宠若惊的躯壳早已喜形于色，像狂欢节上盛装游行的小丑沉醉于博人一笑的高难度舞蹈，忘了看天气预报，其实这舞蹈的真相取决于外在配乐。神不知鬼不觉地操控着肢体动作的有声世界里，寒流将至。

2

文学奖揭晓的时刻，我清晰地感到以泰山压顶之势袭来的沮丧，不为自己的落选，而为“羽绒服”的金榜题名，我从来没有如此强烈地宁愿这沮丧仅仅来自我所厌恶的嫉妒心。“朋友帮我投的，我随口跟他一提，也没当回事，谁知道中了，一个小奖而已。”面对我的祝贺，“羽绒服”的轻描淡写让我恐惧，因为我发现这样的语气似曾相识。他提起那个跋山涉水来见他的女孩时是这样，那次我向他确认C报投稿邮箱，他连连称是的口吻也是这样。问他，是因为我的投稿邮件从未被浏览过，而他的作品频频刊登，他强调与我用的投稿邮箱一致，一句温柔似水的“多写多投”让我如打鸡血般继续尝试了若干个月。每次我如出一辙的石沉大海都换来他一句如出一辙的“多写多投”，再具体些，是“就要多写多投”，多了“就要”两个字，便多了“响鼓不用重槌敲”的揶揄。冥顽不灵的我，视其为密友间的玩笑和激励。

我本以为可以抵御气候动荡期的忽冷忽热，但我不过是披着冷血动物外皮的温血动物，缺乏自主调节体温的能力。不要说滴水成冻或流金铄石，单是预期外的感知都会让我寝食难安。我装作漫不经心地向另一位作者抱怨自己投稿C报运气不佳，他告诉我，该报的公共投稿邮箱形同虚设，他和“羽绒服”与报社编辑相识多年，都是直接把稿件发到编辑的私人邮箱。

我不知道怎样的现实才会让我震惊，还是我已心如死灰，只需要第三方认证来粉碎我对友谊残存的幻想。在“羽绒服”理想国的鸿篇巨著中，我算不算得上装饰纸页空白的插图？不能推动剧情发展，无法衔接场景切换，最多当个补充说明，还要避免喧宾夺主，所以“我愿你成功”的善意，有必要掩护“你绝不能比我成功”的敌意。“羽绒服”，投稿邮箱的真相你可以不说，让我自己去找；你可以直说，你不愿分享当年费尽心思得来的资源，无论怎样，只要你坦诚相待，我都欣然接受，但你何必顶着一张热情洋溢的脸，信誓旦旦地指给我一条歧途？

倘若当初我没有向“羽绒服”求助，那么我是否不会如此失望？我可能会像放弃其他视自由来稿为空气的报刊一样放弃C报，不去纠结太多。倘若我盲目认定我俩的友谊已经深厚到消除了本能中自卫属性的戒心，就像他的才华扭转过我对他薄情的不悦一样，那么我是否应该庆幸这友谊未曾加深一步，否则我将遭受更凶险的创伤？

仔细回想，“羽绒服”的轻描淡写何止一次？从未出过书的我向著作等身的他请教出版事宜，他给出的“到处试”岂不是相同的语气？好比我求职期间咨询朋友，听到“到处试，多申请几家公司”的心情，怎能等同于听到“把你的简历给我，我递给某公司的人力资源部门”？剔除“羽绒服”对无关尘世的话题脂肪层般的直抒胸臆，但凡我需要触及骨髓的明确答案，他的回复必定含糊其词。那些措辞揣着机密任务，从对文字敏感的我眼前溜过，与“羽绒服”附赠我的听觉迟钝所中和，成功地没能引起我的注意。“羽绒服”每每眼神流露出遗憾，对我表示“爱莫能助”，并非他心有余而力不足，而是我压根儿不值得他用心。

人们总怕孤老终身，总叹人生难得一知己，总说聚散终有时，且行且珍惜。那么志同道合的文人相聚本不易，难道不该互帮互助，互通有无？词典上，“互通有无”的意思是拿出自己多余的东西给对方，换来自己缺少的东西。看来在我与“羽绒服”接触的初期，我的利用价值已经被他比较计算过，得出一个让他一毛不拔的评分。倒也谈不上背叛，因为从没有过信任，他对我的信任是我“自我感动”出来的错觉。抹去才华的光环，“羽绒服”与他人并无二致：经常向我约稿的编辑刚从报社离职，就把我从她的微信联系人列表中删除；求我给他文章投票的文友更心急，删除我之后发现还有一轮投票，只好嘻皮笑脸地再给我发一次“好友申请”……“及时止损”的过度宣传让越来越多的精致利己主义者放弃得越来越容易。

3

入夏，我发现后院有蜂鸟出没，便在露台上安装了圆柱体喂食器，里面灌满蜂鸟喜爱的红色糖水。我本期盼三四只蜂鸟围着喂食器安享美味，不料最先发现喂食器的翠绿蜂鸟用尽浑身解数阻止其他蜂鸟接近：它英勇无畏，横冲直撞，快速飘移的身体在空中留下鞭痕般闪动的弧线。“这糖水是我的，我的，都是我的！”翠绿蜂鸟气势磅礴的主权宣示不仅驱逐了同类，还劝退了个头比它大好几倍的麻雀，尽管麻雀只是习惯性地在露台上歇脚，它们的喙根本伸不进蜂鸟喂食器。

我目睹过一位美人的盛怒，一团扭曲到错位的肌肉组织中，倾国倾城的五官无法辨别，我想，翠绿蜂鸟攻城守垒时的愤怒一定也是可怕的，可怕到迸发出连麻雀都预料不到的威慑力。说极端点，若世上仅剩一罐糖水，那么翠绿蜂鸟必定是占压倒性优势胜出的幸存者。相较而言，舍己为人之士以舍己之利为代价成人之美，他们的基因自带绝后的风险。

笑容满面的“羽绒服”在我看不到的地方，是否也咬牙切齿地许下过让我一败涂地的愿望？还是他耐心地等我许一个愿，然后摧毁它，像把枯叶踩在脚下？噩梦的关节咯吱作响，我到底要不要把无私当作美德，即使受骗，即使迷路，即使障碍重重，也要义无反顾地追随它的光芒？还是我要求得太完美，认为缺乏信念的善良远远不够？

多年前，某市陌生的街道上，我按图索骥，帮朋友买报纸，看到报摊尚未营业，便询问旁边糕点铺的老板娘，报摊主大概几点来，答曰不知。我心领神会，从她那儿买了几块点心，老板娘立刻道出报摊主的作息时间。

彼时的我气馁于恶意何以如此自然而然地繁殖于琐碎日常的无意间，后来我了解到，刻在生物基因里的自私贪婪还没来得及随着物质资源的迅速丰富而迭代进化，所以称之为人性之恶未免苛刻。“羽绒服”虽无雪胎梅骨，但他的行为举止也够不上多么恶毒，大致可以归类于普通人混熟之后无所顾忌下的正常状态。

“羽绒服”最后一次向我公开的社交圈消息，是他准备去参加那个文学奖的颁奖典礼，他为此朝思暮想，夜不能寐，问大家有没有对付失眠的良方。“羽绒服”之前对此奖不屑一顾的态度与他获奖后把个人简历里的所有历史荣誉用此奖替换的举动函矢相攻。从那以后，他轻车熟路地对我施展消失术，我通过新闻和间接渠道得知他繁忙地出席庆功宴，开签名售书会，受邀做报告、办讲座，加入其他获奖者组建的排他性小团体，实现了他梦寐以求的社交层跃迁。他大步流星，将我远远甩在后面，甩出了他春风得意马蹄疾的视野。几个月后，一次文学活动上，大家探讨散文创作技巧及文体的创新性，有人向“羽绒服”问起我的名字，他一愣，轻描淡写道：“哦……我好像听说过她。”

只有信任过的人，才有能力对你施以凌迟。刀光来无影、去无踪，等你觉得痛，也许已经失血过多。我想起小时候养宠物龟，曾失手将一条喂龟的麦穗鱼掉进烧水锅，过热的水温省掉了麦穗鱼挣扎的痛苦，它的身体定格为入水时自然形成的抛物线。不敢想象麦穗鱼在瞬间承受的巨大痛苦，现在，我倒希望“羽绒服”给我一个云净天空的结局。他用暗箭瞄准我的那一刻起，就知道覆水难收，可他不会在乎我的感受，就像他不会在乎那个众里寻他千百度的女孩一样，他甚至不屑于给为他导过航的落泊同僚一个形式主义的安慰、一个弹冠相庆的施舍。从某种程度上说，他对异性吸引力的自信反衬出他对笔力的不那么自信。

太多叹息消耗了太多卡路里，体温计上的数字急速下跌，沤珠槿艳的圈套节节断裂。我患了情感失温症，“羽绒服”有限的保暖性无法逆转我加剧的症状。我已不会战栗，因为我早过了瑟瑟发抖的阶段，僵直的身体锁不住脱缰的意识。声光迷乱的芬芳中，我看到“羽绒服”站在七彩祥云上，高昂的脸被簇拥的花团遮住，花瓣从他的臂弯掉落，纷纷扬扬，纸钱一样撒在我肩头。我以膜拜的姿态挥舞双手，感到浑身如烈火焚烧——濒临冻死的人会反常地脱掉衣服，因为他们通红发紫的皮肤来自大量血液涌向毛细血管导致的燥热难耐——此刻我的欢呼是否属于这类回光返照？潮汐般凛厉的唱词从悲凉的天际涌来："我的眼皮如此沉重，梦神摩耳甫斯带来了他致命的礼物，肃郁是他的面具，星辰是他的双目，辗转于他的股掌之间，我无法承受孤独。我需要一只让我紧握的手、一个能给我力量的朋友。要不要把我的灵魂带走？我如此信任你，可为什么我只得来你的愚弄？我看到你眼中的脆弱，嗅到你心中的惶恐……快醒醒！从梦中醒来。"

"羽绒服"有没有错入过梦境？我有没有从幻象中苏醒？久病的阳光罩着灰纱，隐约反射出电脑屏幕上蒙尘的句子："那些杀不死你的事，必使你更强大。"的确，那些事杀不死我，却会令我心碎。玉润冰清的镜子碎成了渣子，每粒渣子都有锋利的棱角，稍微一晃就相互倾轧，切割旧伤。有人说我坚强，我知道我的冷漠并非超脱，而是忍受无人知晓的内耗时，已不再有力气做出任何表情。我的心只想蜷缩进狭小幽暗的洞穴，以成全一份隐秘情感万念俱寂的熄灭。

【注】在低温致死的最后阶段，遇难者往往会进入较小的封闭空间，如床下或柜子后面，这种类似冬眠动物挖洞的行为叫作"终极穴居"，即本篇名。

九宫格

停刊三部曲

她睡前躺在床上刷手机，冷不丁刷到老牌文学杂志M停刊的公告，寥寥数语，斩钉截铁，为杂志三十多年的办刊史画上句点。这令她感到意外，但意外得不彻底，因为回顾近年与该杂志社编辑的零星交流，她隐约预感会出意外，只是没料到它来得这么快。

从文学少年、文学青年到文学中年，她把三分之二的人生用来投稿。深知各大刊物态度高冷，对投稿渠道讳莫如深，她只能从杂志封面、封二、扉页和编辑寄语中挖掘线索，东冲西撞中还出过把稿子错寄到发行部的岔子。随着互联网、新媒体大行其道，越来越多的纸刊变得平易近人，时不时张贴吸睛有趣的征稿启事。三年前，她看到M杂志转型改版的征稿启事，表面功夫做得十分到位，尤其欢迎新锐作者提出突破性见解。她忍不住投去一篇，一个月后收到初审过稿通知，她关注了该杂志的微信公众号。

进入杂志宣传主页，主打居然是年轻女编辑的直播秀，简介大概是“想上稿 M 杂志吗？快来戳我吧”。她怀着好奇心看了半场，不是不想给褒义评价，而是脑子里实在蹦不出“浓妆艳抹”和“搔首弄姿”以外的词。编辑强调的过稿秘诀是“订阅全年杂志的粉丝来稿，我们优先考虑”。和不少主播一样，编辑与男性观众互动频繁，言语暧昧，而且观众必须有所付出，才能观看更多内容，她不想订阅杂志，默默关闭了窗口。

这从“阳春白雪”到“下里巴人”的骤变让她瞠目结舌，想到纯文学为了在日益激烈的商业竞争中博得一席之地，很难保持不食人间烟火的姿态，她又觉得悲哀。她理解这种与时俱进的方式，尽管她不喜欢也不习惯。

她那篇过了初审的稿子被要求在两天内从一万两千字删减到五千字以下：首先要去掉所有英文，包括“OK”“GRE”“CEO”“IT 行业”“pH 值”这类常用字母组合，连中文歌词里偶尔夹带的“I love you”也不能出现，理由是“崇洋媚外”；其次不许提男女不平等话题，尽管她揭露的是印度社会的妇女处境，说这叫“吹皱一池春水，干卿何事？”利刃变成钝刀，革新不敌守旧，她不得不从精心设计的色拉盘中拿走火红的番茄、金黄的彩椒、藏青的蓝莓、象牙白的乳酪……最后只剩几片菜叶索然无味，还不能加调料。她心里憋屈，然而又能怎样呢，编辑强调杂志只刊登精品，她唯恐多解释一句，这本来属于她的五千字也要给了别人。于是她同意了，也照做了，之后没有后续了。朋友说他们欺负人，她说无所谓，起码编辑能给个回复，跟她提要求的时候还不忘安慰鼓励她两句，这比投稿到别处如石沉大海要强。

最终让她失望的是，杂志社开办了改稿班，粉丝交钱越多，刊登机会就越大。所以之前的热心引导、耐心辅导、好心疏导，全是为了重头戏——收费改稿。一个没有新意的营销套路，颇为创新地运用在纯文学主体上。谈不上受骗，她只怪自己犯傻，白白浪费了许多时间，接着取消对该杂志微信公众号的关注，不再投稿，直到今天看见停刊公告。有一两秒钟，她觉得杂志名字挺眼熟，仔细一想，哦，原来是这家。

再查她的联系人列表，那位编辑的头像不知自何时起，从火力全开的美颜照换成了杂志官方封面图，昵称也从网红爆款名改为“M 杂志客服”，一切回归拒人千里之外的冰冷。她猜测是否三年前杂志社已经陷入财政危机，迫不得已才转型？如果不转型，杂志社能否撑到今天？她自知不是诸葛亮，事前事后都不是，只是偶然目睹了一次不成功的尝试。有时候人面对困境，只有赌一把，才可能闯出活路，不赌的话必死无疑，没人能预见未来，勇者只能硬着头皮往前冲，就像她硬着头皮投稿一样。不过稿子死在这家杂志社手里，她还可以试着投下一家，杂志社要是死在作者和读者眼里，怕是真的无药可救了。

断交三部曲

她与他是忘年交。最初，她以学生的身份向他请教写作技巧。她的提问一针见血，让他眼前一亮；他的回答拨云见日，令她心服口服。她常去听他的讲座，他逐渐对她有了印象。为了方便交流，他们交换了联系方式，开启了不定期、非正式的文学作品讨论会。他擅长写诗，她专攻散文，才华的互补是对彼此创作的启发。她视他为良师益友。他对她的赞许鼓励她越来越多地分享自己的写作日常和点滴进步。她私下抱怨她的投稿被老牌文学杂志M刁难，他陪她叹息；她欣喜地道出自己呕心沥血写的英文书即将出版，他为她喝彩；她兴致勃勃地分析他诗歌中的隐喻、猜测其背后的情节，他为她仔细讲解。她受宠若惊，沉浸在知音难求的快乐中，本以为这样的快乐会天长地久，不料他的生活突遇变故。几周动荡带给他灵感缺失的灾难，即使尘埃落定，他亦不得不中断写作。她为他担心，陪他说话，安抚他的情绪。有一阵子，他每天都给她发信息，有时候诉苦，有时候抒情，有时候聊两句文坛八卦，她耐心倾听，有一种被依赖的错觉。

不知从什么时候开始，他发来的信息越来越少，她以为他在疗伤或忙于创作，便在心中默默祝福。后来他不再给她发信息，如果她也不主动发，那就是数月的沉默。她不知道他多久能熬过灵感瓶颈期，但她相信他可以，她珍惜这份友谊，也愿意等待。直到看到他携重磅新作重出江湖，频频亮相，连连受访，意气风发不减当初，而她的手机依旧寂然无声，她才意识到自己被抛弃了。小说《一个陌生女人的来信》里，四处留情的作家每次都以“出门远行”作借口来摆脱上手后玩腻的猎物，看来他的做法如出一辙。可她不解，她不是他的猎物，两人的关系在现实世界中乏善可陈，除了在电脑或手机聊天软件上讨论与文学相关的话题外，就是几次讲座上的遥遥相望，他在讲坛上呼风唤雨，她是喝彩观众中的一员。仅限于精神层面的交流本是维持友谊最稳妥的方式，到底哪里出了差错？

她经历过各种友谊结束的方式，无论是开诚布公的一刀两断，还是心照不宣的渐行渐远，结局都是清晰的。这样不明不白的杳无音信让她无法忍受，她试着以调侃的语气询问：“你为什么不再理我？”半晌，他总算“诈尸”，给出一个毫无破绽的官方回应：“我看你忙，不便打扰。”

她心里憋屈，又不知从何发泄。根据奥卡姆剃刀定律，最简单的答案通常是正确的。如平日成绩优秀的考生意外落榜，与试卷在运输中丢失、计分系统失误、幕后黑手操作等原因相比，大概率仅仅是因为考生发挥失常。也许她把简单问题复杂化了，他的崇拜者前仆后继，自己在他眼里可有可无，特殊情况下，至多算聊胜于无，本来就没资格占据他联系人列表中的一席之地，被当成半个陌生人也不奇怪。

于是她继续写作，继续发表，继续取得成绩，也慢慢接受了他从她获得的祝贺声中永久缺席的事实。谁知有一次，她正和俱乐部里的文友一同感叹出书不易，他突然阴阳怪气地接话："你不是英文好吗？去出你的英文书啊！"她一怔，这句话的言外之意"你跟我们争抢什么？"让她恍悟——嫉妒是他俩断交的根源。她曾引以为傲并视为动力的来自他的认可，不过是他巧妙的伪装而已。

她畏惧嫉妒，从小到大目睹过不少由嫉妒心触发的丑恶人性，所以她向来低调。她以为结交一位与自己在不同赛道上的、不同重量级的、不同年龄段的选手就会避免嫉妒，可她太天真了。她眼中的毫无交集也许是他眼中的利益羁绊，她放下戒备的畅所欲言有可能随时埋下定时炸弹。嫉妒心往往来得不可思议，她想起看过一则报道，妈妈带女儿坐火车，故意买绿皮无座票并称之为"苦难教育"："我吃过的苦，我的孩子也得吃，没有困难，制造困难也要上，否则我觉得命运对我不公！"

她以为他向自己提供了除讲座之外的内容是长辈对晚辈的照顾，所以她愿意在他落寞的时候花时间去安慰他，她以为再枯燥的日子也会有琐碎的奇迹，但她忘了自己不再是孩子。从幼年到成年，友谊的根基从情绪价值过渡到了经济价值，情绪价值沦为"光说不练"的同义词。如果没有人联系你，说明你没有利用价值。活在象牙塔里的她不遗余力地向他提供情绪价值，殊不知，他早就心不在焉甚至心生愤恨。她高估了人与人之间的善意和信任。

她怪自己反应迟钝，所谓的友情不过是虚情。他曾向她坦言自己年轻时心胸狭窄并为此懊悔，那时候，她就应该知道凡人本性难移。当初不该这样，不表示如今不会这样。她把他当知己，他把她当劲敌——所谓的坏人变老而已，是她识人的眼光出了问题。

表面以礼相待，内心形同陌路，他为她做出榜样，她正在适应这种断交方式。

维权三部曲

“你的文章被抄袭了！”她收到文友发来的某报刊链接，打开一看，是一篇不久前她在别处发表过的文章，从头到尾一字不差地复制粘贴，唯一不同的是署名——一个看起来冰清玉洁的名字，与简介上“白衣天使”的称号相得益彰。

先是觉得讽刺，接着萌生好奇，她随手搜了搜这位“作者”的其他作品。不搜不知道，一搜吓一跳——几乎每篇都是抄的！本以为此人苦于缺乏才情，靠偶尔剽窃满足虚荣心，不承想那是一颗贪心，短短几年将数百篇文章纳入囊中，第三只手伸遍国内及海外。看着那些遭到侵权的熟悉的名字，她心如乱麻，为原创者不平，也为抄袭者惋惜，想着必须做点什么，于是告知了多位被抄袭的作者。大家惊诧又愤怒，一起商量着如何维权。

首先他们分头联系刊登抄袭文章的报刊。几周过去，编辑部要么对举报信息已读不回不作为，要么已读不回之后，默默删除相关文章，算作了事。有的报刊提出要严惩审稿编辑，大家一致反对：文抄公与编辑何干？“原创”是对投稿人，或者说对有道德底线的人的默认要求，编辑与投稿人之间的良性关系应基于信任。严惩编辑的解决方式就好比业主报警小偷入室盗窃，警察不管小偷，反倒去捉拿防盗门设计师一样荒唐——此乃下策也。

然后他们联系刊登自己原作品的报刊，得到的回复大致是：作品版权归作者所有，作者要对自己的作品负责，本社爱莫能助。大家一筹莫展，这时有好心人建议他们团结更多作者，借助舆论力量，在社交媒体上曝光抄袭行为。

的确，比起报刊的推三阻四和跨地域打官司的繁冗艰巨，此方案最具可行性。不过壮大反抄袭队伍并非易事，没抄到自己头上的作者对此漠不关心，只愿意看热闹，更有甚者，对被抄袭的作者满怀嫉妒，言语里透着酸劲：“哎哟，不得了！写出好文章，被人家盯上了！”——令她想起了那位与自己断交的诗人前辈。

钉子碰多了，他们也就不指望别人了，开始专心地在流量较大的社交平台上发文曝光抄袭者。几天下来，点击量破万，评论区满满的义愤填膺和义正词严让她欣慰。只是她不明白，抄袭者这样胆大妄为，一抄这么多年，就不怕哪天事情败露，自毁名誉吗？若抄袭者仅仅想出名，那其目的恐怕是达到了，这几天收获的骂声足以将其送上热搜榜。

接下来发生的事令人瞠目结舌。他们的举动引蛇出洞，抄袭者发信威胁：“我要告你们诽谤！敢不敢把你们发表过的作品报上名来，让我看看你们的文章有多少是抄的？”当然，这种以己度人的恐吓并不奏效。抄袭者抓不到把柄，心急如焚，开始打感情牌：“大家都不容易，我靠干这个混口饭吃，还请大哥给条活路！”

原来如此！此人乃职业小偷，以偷文为生。“盗窃自古违法，可偷鸡摸狗的人一直都有。”“天下文章一大抄”“偷书不叫偷，叫窃”……这些说辞表明很多人不把抄袭当回事。况且文贼犹如蟑螂，赶不尽，杀不绝。即使报刊声明“永不录用”又怎样？换个笔名接着抄便是。搞不好此人现在的名字和简介不仅是虚构，而且不知道换过多少回了。没有道德底线的人无所谓名誉，金钱是他们的信仰：英雄不问出处，搞钱才是“正”路。他们甚至自诩生财有道，笑话别人没本事，抄不来，与他们讲道理无异于对牛弹琴，枉费心机。

本希望抄袭者能改邪归正的幼稚想法遗憾作罢，或许除声讨之外别无他法，以后她只能小心看住自己费尽心血写下的文字并求其好运。几个月下来，所有人被折腾得精疲力竭。尤其她，她想可能自己太急于求得一个答案了。世间诸事并非黑白分明，就连号称严谨的线性代数中，当非齐次线性方程组增广矩阵的秩大于系数矩阵的秩，方程都会无解，更何况是面对死猪不怕开水烫的文贼呢？至少在她眼中，此刻，此问题无解。

辞色撩人

古老的咒语从永字八法拼出的藏宝图中慢慢浮现，点亮我瞳孔里蛰伏的火焰。视网膜神经把火种交给大脑，于是笔画组成字，组成词，组成连续不断的图像——那是夕阳中光影婆娑的海面，几位身着赤色汉服的青年脚踏锦云，谈笑风生。一个清脆的声音说："这次去蓬莱山，我发现东海海水浅了不少，看来丘陵时代又要来了。"话音刚落，丹霞四射，千万条绯红的触手将海岸线收拢到天边，泥金色土壤吞没了先前的蔚蓝，紧接着，成片的农作物从地平线尽头破土而出，层层推进，将嫩绿和竹青染遍视野。我忍不住伸手触摸，却被头顶绽放的极光晃了眼。顷刻间，万紫千红灰飞烟灭。

"沧海桑田。"我默念，目光重新聚焦面前的四个字，意识从传说闪回现实。

没有什么比成语更让我着迷。《汉语成语词典》是我学生时代的挚爱，磨损的边角、褶皱的页面、模糊的指纹都是我废寝忘食的证据。和班里其他女生一样，我有粉色带锁的日记本，不过她们写青春感悟，我写成语例句。每当从《辞海》中淘到新宝，我都会反复欣赏、揣摩，再用它们造句，不求涉笔成雅，但求铿金霏玉。我常常感叹汉语之多彩，单是对美男子的形容便可见一斑——掷果潘郎、昂藏七尺、飞鸾翔凤……在了解比字面更令人惊艳的释义之前，我已经开始构思武侠剧中不知名的主角。

结构形式固定，多以四字为单位整体出镜，字与字之间不可分割，成语是汉语词汇独具一格的排列组合。那些鲜少被书报、荧幕、无线电等日常媒介曝光的组合尤其令我振奋。我的成语库如同安置睡美人的纸质城堡，金昭玉粹，墨香缭绕，云深不知处的闳识孤怀，敢问谁知晓？年复一年，我孤独又任性地维护着不属于主流文化的美学教条。

记得语文老师再三强调，写作文要避免用成语，要把成语表达的内容拆成一串句子，一串多用动词、少用名词、不用形容词的句子。可我无法割舍对成语的爱，对我来说，常话百句不敌四字动人。成语看似一目了然，实则深藏蕴意，优美得言简意赅，又留白得恰到好处。它是化装舞会的百变之王，仿佛流苏，当它是女子的步摇，它自带增色烟虹的妖娆；当它是天子的冕旒，它具有裁夺生杀的权力。一句话的情感会因为成语的修饰而变得微妙，定语才是左右主语的关键：绿意葱茏的春天，枕冷衾寒的春天；花影迷离的庭院，花影迷离的墓园。错综相连的蒙太奇中，戎马倥偬，烛影斧声，谋士凭九旋之渊运筹帷幄，怂恿我丹漆随梦。历史阴晴不定的脸上，骇浪在涟漪中酝酿，下个微表情将决定一个朝代的兴亡。

我无法割舍对成语的爱。埋伏在行文中的低频词汇导致我的文风难以与现存种类调和，像万花丛里竖起的电线杆，无论是“孤雁出群”还是“故弄玄虚”，都不被编辑中意，即使有反馈，也绕不开“不接地气”的标签。有人劝我：“前人开拓的写作模式已被市场认可，为什么你不直接套用？”成本越低收益越高。读者的耐心已经被唾手可得的信息盛宴宠溺得极度有限，在无数机械划动的指尖下，费时费力的原创作品往往只能停留几秒。同一块岩石，卞和视如拱璧，楚厉王视如敝屣，不知谜底的你，更愿意相信谁的判断力？

我依旧无法割舍对成语的爱。比起按部就班，我倾向赴险如夷。尝试有可能失败，但不尝试就不会有突破。“把机会给更需要它的人”是我以叛逆为名许下的承诺。面对一次次错过、一次次功败垂成的失落，我以人类对照明的探索过程聊以慰藉：倘若我们只专注如何更好地发光，那么我们可能造出越来越优质的蜡烛和油灯，可正因为有人对貌似与照明无关，甚至貌似毫无实用价值的“被丝绸摩擦的玻璃可以吸起小纸屑”的现象产生了兴趣，我们才有了电，才有了电灯和其他一切电器。

密林中的鸣啭，琼叶里的经纬，岩壁上的符谶……一切打破时间的艺术无须舆论认可。勇者不哭，我只需要领悟三个字——不在乎。痛苦往往源于对倾情付出的结果过度乐观的期待，我期待的结果不牵涉个人利益，如果更多成语能走出古籍复活在当下，被更多人所知所用，那么我愿做匿名的载体。一个成语后面是一则故事、一段历史、一种积淀的智慧，传统文化的经典需要传承，眼看经典被埋没却不作为才是我最大的痛苦。

我不再用日记本，而是用电脑软件记录成语，为它们配图，列出读音、解释和出处，附上原创例句，然后发布到社交平台。倾注总会引来关注，哪怕志同道合者寥寥无几，我也满足。我明白，我孜孜不倦的付出像潮流边缘的虚光，与主题格格不入，说是锦上添花也好，无足轻重也罢，放眼四周，气势如虹的野心无不寻求极速变现，而我只求心血被看见。

成语教我避开与人周旋中具有迷惑性的锋芒，被贪婪施了催眠术的礼节里，悲欢离合浮来暂去，唯有文字，一直担当着我从理智滑向感性之前的暂停语句：心绪沉淀，三思后行，真理隐身在千重华灯之外，一朵花温暖的天堂，叫作静若幽兰。

成语的能量场覆盖了平淡流年的总面积，它带着另类范畴的吉利渗入我肌理，激励我在每个濒临放弃的时刻保持警惕。置身由命运定制的巨大迷宫中，我从来不知道出口在哪里，也不知道有没有出口，但我从来没敷衍过的是向前奔跑的姿势。

体力不支的时候，我会放慢脚步，张开手，努力冷却困在掌纹间的焦灼。指尖悬停半空，放过时髦廉价的娱乐，邀请下一个入驻思维缓冲区的四字组合，一个关于怀念的组合。它谙悉怎样舞动隐秘的笔管，为满目日程断开逗点，绘出比深海肃寂、比夜空瑰丽的图腾。柔光流转，温渚然犀，我听到来自九重闺的钿徽、显生宙的预言，看到亿万年后不知名的天体正抛来媚眼，撩拨我靠梦想支撑的今天——我要踵事增华，像保护濒危物种一样保护成语，让它们在日增月益的关爱下生生不息。从蝶舞蜂喧到春红已谢，北风之恋愈演愈烈。是昔流芳，请多陪我一会儿吧，陪我重温故土的人烟阜盛、故物的镂金铺翠、故人的一尺繁华，在流年最后一滴清泪润色的仙境中，一切都是奇迹。

非典型理解

游进斑斓树林的曲径像一条磁感线，吸住我不设防的足履，被时间啄过的叶子抛来重量极轻且质量上乘的诱饵：胭脂、石绿、姜黄、琥珀、驼绒……任何色彩闯入这个打乱规则的季节都任性得顺理成章，它们咬住霜降的尾巴，写意式挥毫，甩出闪粉般欲迎还拒的妖娆，莫可名状地弄湿了我的眼眶。模糊的线索渗出记忆，织成一张郁结丛生的网，那些凸起的部分像自我设阻的伏笔，牵制了溯流追源的索引，恍惚间，网的另一侧闪过你的影子。

你出现在我心灰意冷的时刻。当我漫无目的地抱怨着“时运缺席，再全勤的才能也注定失败，倒不如就此‘躺平’，换得一时逍遥”，一条短信翩然而至，来自你隐居的文字城堡：“坚持写作这份爱好是对孩子的身教。”的确，一项靠无数次深度探索和打破自我才有可能以独见之明呈现真善美的庞大工程，是对爱的执着，也是对爱的传播。我从你的意外寄语里感到越撕扯越紧绷的网结有了被解开的反作用力——理解。

无须过多言辞，那是言辞无法捕捉的导航。没有它，即使我脚下的小路通向唯一的出口，我依旧放不下迷途之忧，踩着失去弹性的落叶，从预期的脆响中听出了错位的回音：一只灰松鼠摆脱灌木丛，跳上树干，侧头与我对视——“你从哪里来？”它晶亮乌黑的眸子掷来风声的翻译，小路在我晃动的思路中减慢了延伸的速度，给我一种被刮入深渊的迷糊，仿佛对面的不是松鼠，而是借哲学问题来诊断我是否患有失智症的神经内科医生。

我望向两侧的树，起初未觉异样，接着，我听到惊讶在体内解冻的声音。我本以为的松树竟生有扁平的软叶，细看更像文竹，其体积基于文竹扩大的比例，远远超出了同种植物，如象耳芋从渥太华公寓的花盆里挪到夏威夷热带植物园中所能及——这不合理，它们绝对是另一种树！发现新大陆的激动冲向喉咙，我张口，却什么也喊不出，就像多年前的万圣节夜，张灯结彩的市街灌给我的满腔热情一涌进出租屋单薄的黑漆门，瞬间冷却。

冷却的灰烬迅速飘散，默默闪烁的各色手机与我擦肩而过，一条条被虚拟国度丢出来的腿机械迈动，带起潦草的风，破我于空无之中。这个霜降有着反常的温暖，像个胡乱涂鸦的顽童，把空气染得光怪陆离……我要怎么回答你的问题？

“我从对美的钝感中来。”我喃喃自语。你说我是你余生的惊喜，而你何尝不是我落寞中的强心剂？此刻，谁会像我一样左顾右盼？谁会像我一样复刻顾盼所得？而我的感官又何尝不是从此刻才开始复活？我捡起树下酷似松塔的果实，鳞片般一圈圈紧密排列的小眼睛正望着我，和地上的、树冠上的成千上万相同的小眼睛一起望着我，令我的视线难以招架，慌不择路地躲入佳木葱茏，撞上另一个振幅的光源。

那是公园中心的人工湖。几天前，波光水影之上，六岁的儿子尝试着打水漂，初受训练的小石子不得要领，只会反复跳冰棍，还引来了众多小伙伴模仿，一时间，湖面沸腾，嘈嘈切切，水珠追着碎浪如兔起鹘落，令人眼花缭乱。我叹气：“这会儿就算有人会打水漂，打出了很棒的水漂，又有谁能看见？”

“除非那颗石子漂得特别远，比别的石子都远。”儿子随口接过的话让我想起奥地利公路自行车运动员安娜·基森霍费尔，或许我不应简单地称她为运动员，因为骑自行车只是她的业余爱好。她没有教练，没有营养师，没有盟友，没有签约俱乐部，她不在任何人留意的“雷达”范围内，却一举夺得了“2020东京奥运会”女子公路自行车比赛的冠军。凭一无所有而战无不胜，敢做异类的她，旋转出属于自己的独立星系。

根据老生常谈，自行车公路比赛中，由于领骑者会承受最大的风阻，消耗最多的体力，业界公认的策略是团队作战——各队员靠轮流领骑的方式节省体力并占据有利位置。于是当荷兰的四位名将忙着打配合，先后充当破风手，将其他国家的选手压制在身后的大部队中苦苦内耗的时候，安娜早已突破重围，将所有人远远甩在后面。她不在乎风阻和体力，向前冲是她的唯一目的，她的绝对优势让人忘记了她的存在，以至于落后她75秒的荷兰选手安妮米克·范·弗勒滕抵达终点后误以为自己是冠军，精力充沛地开启了庆祝模式。我哑然失笑时，不禁生疑：对于“更快、更高、更强”的使命，这位视夺冠为完成作业的赛场老手拼尽全力去履行了吗？

当你全速奔跑，你将听不到起点的嘲笑；当你飞得很高，山峰也不过是蚁巢。到那时，瑶庭中的霄露虹霓在你身畔铺展仙书云篆，你是否还在乎自己有没有被蚂蚁看到？

“可我看见了你，有一天，你会被更多人看见。”是不是你笃定的语气给了我孩子式的勇气？我看到了许多习以为常之中的不同：驾车驶过林荫道，我流连于迎风吐艳的球菊而舍不得踩油门；走近树荫，我遗憾赐予枝条神奇渐变色的夕照太晃眼，截短了我的凝望；进出社区，我怀念十字路口的苹果树，去年霜降，儿子顺手摘走它枝头最后一颗果实，发现不起眼的偶得无比可口，决定等到来年多摘几颗，可等来的是修路工人的电锯；仰望晴空，我发现月亮和太阳同时现身，查询后得知若它们离得太近，阳光会覆盖月亮，反之，阳光则照不到月亮，若它们能保持不远不近的完美距离，日月同辉便不是童话。

现在，我意识到包围我的树不是松树，我拍下叶片和果实的照片发给你，你回复："有点像水松。"我按图索骥，找到了它的真名——落羽杉。落羽杉和水松一样，属于柏科，与松科泾渭分明。在此之前，我一直以为松柏是同一种植物。

"现在的生活过成一个'你'字：看你的书，写你的文章，学你的诗，听你的故事，不知道什么时候走出这个'你'字。"我从你的玩笑里体会到为什么有人会对虚拟的角色山盟海誓，因为文字的力量足以修改心灵的距离。当你全身心投入一部作品，你将逐渐忘却它的人物、对白、场景、情节……它们不再是蓄意构建的个体，而是自然发生的整体，你被吞入一个结局已定却让人不忍快进的运行中的世界，你任由它摆布的同时，又奇妙地享有着无人知晓、无人管辖的自由，当你最终走出那个只属于你的世界，全部的意犹未尽和怅然若失将化作不合时宜的局促——局促如我，在文字中有多主动，在现实中就有多被动。

某件事，当你完全不知道怎么去做的时候是什么都不会做的。所以在现实中无比被动的我向来有着惊人的忍耐力。一个人的名字，我可以写一整晚，却不会发去一句问候，所以我坚信为真爱做到孤老终生并非难事。

你说你有着相似的忍耐。从你伤感的文字中，我读出了你的隐痛。你的忍耐让我看到了你身上的我以为只存在于虚构故事中的特质。唾手可得却不可得的远是真正的远，即便它看上去那么秀色可餐。也许你已经和原始状态的自己不计其数地较量过，无论怎样，最终你都会回归到和我同样沉浸的旋律中："如果我是你的女孩，我一定要你喊出我的名字，问那属于谁……然而我不是，所以我不能，我也将不会，但，如果我是你的女孩。"

我想用燕子和麻雀的故事来安慰你。那天，父亲打电话给我，说今年屋檐下的燕子回来的时候发现自己辛苦搭建的窝被麻雀占了，只好在窝附近盘旋。母亲愤愤不平，用晾衣架赶走了麻雀，可不小心捅坏了燕窝，结果麻雀和燕子都离去了。父亲劝母亲不要干预动物之间的事。过了几天，麻雀在父母房子另一侧的屋檐下找到一个洞，安了家，燕子则在麻雀窝斜上方的露台下面建了一个新窝，这回总算是“居者有其屋”。父亲笑道：“问题来了，它们的窝都在我卧室的窗外，晚上还好，中午两家一起唱，我午睡的时候必须戴上耳塞。”有些事，我们不知章法，最好顺其自然。我们眼中的燕雀处堂，或许是他者眼中的燕雀相贺，人们无权嘲笑彼此的燕雀之见。我相信得失并存是一切经历的结语，你拥有过的和你没能拥有的故事抽象出来的本质并无二致，陷入执迷的人，往往只看到了奢望的正面。望梅止渴总好过饮鸩止渴，我们都不是激进派。

大学时代初读特德·姜的科幻小说《领悟》（*Understand*，又译作“理解”），长久的震撼如洪钟大吕贯穿百骸九窍，而今再读，我觉得它更像哲学作品。如果你拥有上帝之手，那么你是想要追求智慧本身，即破译世界的规律，还是以智慧为工具拯救人类？这是利己主义和利他主义的终极对峙。道德层面的偏差决定了见解相左的两位超人无法合作，资源的有限性又决定了二者不能共存。小说以代表前者观点的"我"的死而告终，对方击溃"我"的方式是说出了触发"我"意识毁灭的指令词——"理解"。

那么理解意味着拯救还是毁灭？谁有权拯救人类？哪位神明不是将人类按照其期待的样子去"拯救"？就像母亲以她维护正义的方式驱逐麻雀，帮助燕子，又像看到滚滚乌云的儿子焦急地用树枝把蚂蚁往它们的窝里赶，可燕子和蚂蚁是否需要拯救？换句话说，人类是否需要拯救？

我这样想着，走出了树林，浓绮消散，天高云淡，目之所及豁然开朗。我发现树林入口就在面前——富有磁力的闭合曲线带我神游仙境，又将我送回原点。一切未曾发生，一切都已发生。

似宵雨坠落，敲醒韶龄素兮娆眉的记忆，我从许多危险的未知中滤干黑夜，却没认出乔装成树林的白昼。我以为早就放手的希望从彩色逃向了灰色，连夙念也无望获赦，然而你的理解让我理解了我的气馁只是源于太多不同频的理解，若理解对等，产生的奇迹是互相救赎。

我和你讲述我前半生的缘起缘落，虽然与快乐相关甚微，但无一不充满倔强的生命力，那些强烈的情绪、泛滥于想象的触觉，还有太多心理上而不是现实中的起承转合，让你觉得经历了一个个接近真实却又在真实之外的梦。我是拒绝等到睡着才开始做梦的人，所以我梦见了你。梦中的我们向前奔跑，不在乎风阻和体力，跑向道路尽头通天的壁垒。我们辑志协力打碎障碍，揭晓落英缤纷中炊金馔玉的庭院。酒酽花浓，你转头看了我一眼，我给出你问题的答案。是的，这是潜意识层面的交融，是不可能在人间重复的际遇。柏树在松树的身姿里，月亮在太阳的光华里，我在你的名字里。我想，终态的幸福大概是薛定谔的猫、不生不灭的涅槃，是一幕灯烛辉煌的哑剧、一场独茧抽丝的暗恋。洞悉阴性阳性的试纸探入小概率事件，你的感觉就是心灵的刻度，像圣者的谜语、法老的秘诀，穿越充斥着嘲讽与诋毁的浮世绘，只留给懂的人去破解。

我怕我给你的印象太好，于是喋喋不休地罗列我的幼稚、我的缺陷、某些时候的我是多么招人讨厌。“相信我，等我们见面的时候你就会知道。”我几乎抱着视死如归的心态提醒你。

“我们已经见过面了。”你的回复简洁，简洁如你发来的第一条信息，将我安置于悠长缭绕的沉默。我知道，墨香散去后，会有另外的感知从内部将文字撑满。心灵的相见是排除了星灭光离的永恒，原有的一切一直都在，如果你愿意一直去看。清晰的线索渗出记忆，织成一张光滑明媚的网，贴身贴心地困住我，在这个有金色蝴蝶跳舞的迷幻的霜降……我猜你会打水漂吧？当你朝绸缎般的湖面抛出心形石子，我听到了我藏在冷色涟漪下盛放着釉彩的脉动。

Chapter Ⅰ 第三章

陪自己

陪自己

1

这是一间融合着仿生学设计的袖珍等候室，木质蜂窝板拼接的装饰墙上星灯点点，流波送盼，以微妙的光晕养护一隅乖巧可人的聚乙烯纤维草坪。烟黄色布艺沙发靠背不高，却能给人沉陷其中的享乐，像桃李年华格外迷恋叹词，那些简约强烈的音调不跟其他词组合，也不充当句子成分，却能独立成句，有种孤注一掷的颓废美——柔若无骨的环抱施展出隐秘力量，让我一坐下就再也不想站起来。

我的按摩师克莱门特刚刚送走一位卷发客人，需要几分钟更换被单，整理房间。他隐于郊野的小店向来门庭若市，我只能见缝插针。加之我这边变数甚多：孩子生病、我被孩子传染生病、孩子又生病……因此与克莱门特难得一次的遣兴陶情几乎被我视若珍宝。

孕晚期连续五周，每天至少二十二个小时的左侧卧保胎姿势损伤了我的左肩膀神经，我已有多年无法再左侧卧，不光躺着，单单是坐着平视前方一小会儿，都能引发左肩膀肌肉里的无形獠牙倾巢出动，争先恐后地刺入后脖颈，呈放射状撕扯。几个月前送孩子参加社区活动，我在场地外转悠，转到克莱门特的按摩治疗广告牌前，心血来潮，决心一试……没想到效果绝佳。“你若能每两周来一次，便再好不过了。”克莱门特曾遗憾地对我说，而我又何尝不这样想？

手机在衣兜里振动，是一条来自文友的信息：“读过几篇你的文章，我想到了‘做自己’这个话题。进入老年后，可以说拥有了做自己的全部自由，但我仍觉得很难。”

我正忖量怎么回复，克莱门特的轻言细语切入我刚敲完称谓的句子：“欢迎光临！一切就绪，请跟我来。”

顺着渐渐变得浓郁的薰衣草香，我走向安神蜡烛环绕的按摩床，脸朝下趴好，放松。器官们消极怠工时，指令就像摇篮曲。柔光生怜，缦帛卷起涟纹，角落里印有树懒图案的保温杯溢出了刻度之外的烟岚。我感到肌肉、血液、体内的所有分子都因重力而下坠，不等外力按压，已经头脑昏沉，思绪飘然。

常听说人拥有最多自由的两个时期是结婚前和退休后，我不敢苟同。记得我单身的时候，收到最多的邀请便是“过来帮个忙吧。反正你单身，什么事儿也没有”。这些忙，大到组织市区活动、主持千人会议，小到设计俱乐部的徽章海报、照顾宠物、扛书搬家。有些忙听起来是一件事，实则是诸多件事的综合体，但凡我有一秒犹豫，立马会被扣上一箩筐跟“矫情”沾边的形容词。我的周末通常比上班忙，我甚至盼望周末加班，好推掉不知何方神圣临时派来的杂活，感谢词是闻所未闻的，除非“反正你单身，什么事儿也没有”也算的话。

那么退休后就闲下来了吗？未必。至少根据我目前问过的人，没一个人给出肯定的答案。他们的大部分时间用来照顾孙辈，余下的小部分时间，对写作爱好者来说犹如受刑。一位前辈满腹牢骚：“本来说退休了可以安心写作，结果我被拉到一个又一个求我捧场的文友聚会里、不去就被嫌‘不给面子’的读书活动里、各种作协要求雨露均沾的义务劳动里……一年到头，我连一篇满意的作品都没写出来。想拒绝？人家一句‘反正你退休了，什么事儿也没有’在那儿等着呢，噎得我无话可说。”

能者多劳什么时候成了灾难？社交网上有个北漂女

孩感叹："我爸妈老说我能吃苦，一开始我以为是夸奖，后来才发觉他们的意思是你能吃苦就多吃点，家里的福都留着给你弟弟享。"劳碌命的人永远在为工作费心、为孩子操心、为老人担心、为朋友倾心……从别人手里抢自己，从时间手里抢自己，说得残酷点，从死神手里抢自己。按理说，我们陪自己的时间最久，可谁用心陪过自己？有多少次，我去超市购物，左挑右拣，装满一车，家人要的东西都买齐了，放心地回到家才发现忘了买自己要的东西，哪怕仅仅是一袋橘子。

我总觉得自己像装在红色网兜里的橘子，看起来鲜艳成熟，其实是靠着色彩同化的现象狐假虎威：相邻色极易消除彼此的差异，网兜会让橘子的观感更接近红色。终有一天，天真好胜的橘子会被越堆越高的期望压瘪，怪不得相声演员郭德纲有言："我不怕我没能耐，我怕我以为自己有能耐。"

想到这里，我忍不住摇头，突然意识到整张脸正被按摩床软绵绵的头洞卡得严丝合缝，动弹不得。

2

从一个点膨胀成一个圆，自一个圆扩展为一个面，清凉滑润的酥麻感沿着脚跟向上蔓延，沁入由节奏有序的推拿均衡加温过的脊背，撩起浑身鸡皮疙瘩。克莱门特正在给我的脚跟涂油。猛然间，我想起昨晚洗完澡穿袜子的时候，听到脚跟在棉纱上刮出细微的刺啦声，低头一看，吓了一跳：暗红色硬皮被凌乱不堪的灰白纹路大肆切割，如同即将碎裂的枯叶。我起身去拿护肤霜，却被颇具磁石作用的新邮件提示音吸到电脑屏幕前——孩子的学校发来一张活动表，要求家长过目并签字。我打开表格的瞬间，已经把给脚抹油的事抛到了脑后……现在我乱七八糟的脚跟怎能不硌到克莱门特的手掌？原本可以稍加掩饰的缺陷被变本加厉地暴露，我无地自容，后悔莫及。

这样有多久了？我习惯躲开自己的镜像，一路追寻“忘我”，不知不觉没入黑暗的腹腔，慢慢活成了盲人，即使比图钉还小的光斑都能赐予我欢喜到生畏的错觉，因为如野草一样顽强丛生的远虑近忧，总会在任何给光让路的事物上制造日食。

房间里同时运转着两台音频播放器，一台重现着天籁之音——海涛拍打礁石，酷似鸟鸣的风声转身，碎浪如琼粉翩跹；另一台沉吟着瑜伽乐——霞光拨开九华云，掠过彩虹深处的蝴蝶、冥想的树、幽香的昙花，以及随之被抹去的一切。旋律的隐语交织混合，仿佛尝起来不像酒的鸡尾酒，天生携带易醉的迷惑性。睡吧睡吧，横竖没人看到我的表情，溜进这来之不易的自定义时空，装傻充愣也无须自责。

迷迷糊糊中，我想起来前两天在网上看到一个古老话题的讨论，我是谁？或者说我是什么？有人提到，每个人心里都住着一个“我”，这些“我”本质相同，因此可以说全世界只有一个“我”，“我”同时出现在地球的各个角落，经历着亿万种可能的人生。

该解释类似数学集合的“互异性”特征：集合中不存在两个相同的元素。记得高中代数课老师曾拿起一盒全新的白粉笔问大家：“这个集合里有多少元素？”同学们或推理，或猜测，几经尝试，给出了让老师点头的答案：“只有一个。”因为盒子里所有的白粉笔属性相同，就像我们把两个集合{表格，蜡烛，橘子}和{蜡烛，橘子，护肤霜}里的元素合并，构成的新集合应写作{表格，蜡烛，橘子，护肤霜}。假设全世界只有一个“我”，那么我心里的“我”和你心里的“我”就能对换，你过着我的另一种人生，也翻倍了我的自由。可为什么我感知不到你心里的“我”？还是哪个局部的我被秘密地拽进收妖塔无限循环的螺旋梯，倏忽之间，逼近顶点，占领了缩小千亿倍的视野？

量子力学中，微观粒子在不受外界干扰的情况下，可以同时处于某个范围内的任意位置，像施展了分身术一样无处可寻，又无处不在，此乃“叠加态”。科学家绞尽脑汁，只能用概率大致描述粒子可能的位置状态，这种概率分布遵从波动的规律，故得名“概率波”。概率波不是我们以为的声波或水波，它不是传统的机械波。为了观察微观粒子，科学家需要发射另外一些粒子去撞击它们，于是逍遥自在的微观粒子受到外界能量扰动，发生了波函数坍缩，即原本“一切皆有可能”的叠加态在瞬间变成了唯一确定的状态。一个好奇的偷窥破除了孤立系统的分身术，使其现出原形，这便是所谓的“观察者效应”。

无须进一步剖玄析微，但请有意洞究的目光移步换形，放眼我们置身的宏观世界：山川河流、花鸟鱼虫、亭台楼阁……谁能逃过其内部无数个微观粒子经过激烈繁复的相互干扰后全部坍缩的命运？叠加态荡然无存，而今只有风平浪静、稳如泰山。如果说宏观世界是微观粒子龙争虎战后的壮丽遗址，大概不为过吧。

转念一想，决定当下世界的观察者不正是“我”吗？当“我”被引入一个概率时间中，信息发生坍缩，多种概率转换为单一现实。换句话说，纵使我挥斥八极，踏破红尘，也只能经历平行世界中的一个，至于哪个，“我”无权选择。

好像狂欢节的礼花一落千尺，灰飞烟灭，虽然它也曾觊觎过星纬。似有若无的，我听到天边洇透了长长的叹息，那是泡影粉碎的霏雾、失落的蒸汽、凋谢的火、琐琐生灵无望涅槃的琥珀。

3

“好啦，该翻面了。”克莱门特一声轻呼，把我出窍的神魂召唤回现实。现实正手忙脚乱地给一堆不知从何定义的触觉安装肢节，我的身体似乎一分为二，一半经过克莱门特的翻新加工变得柔韧舒畅，另一半依旧在生锈，奇特的物理上的矛盾感令我记起过往的按摩体验：有的按摩师两手如开山大斧，叫人痛之入骨；有的则给出猬锋螗斧，来一番隔靴搔痒、轻歌曼舞。我忍不住向克莱门特发问：“这天壤之别的手法，到底哪个有效？”他说二者皆错，唯有力度适中，才能避免南辕北辙，这需要长期的学习和摸索。“你学了多久？”我怂恿他继续娓娓道来：按摩学徒首先要经过六个月的专业培训，通过资格考试，拿到证书，才能营业。他自立门户前，已经在市里最大的按摩中心实习了两年。“你为什么要学习按摩？”我顿生好奇。“我太太的肩膀受过伤，去按摩了几次，疼痛有所缓解，我自告奋勇地给她按，可惜手法业余，被她泼了冷水。”“所以你太太激发了你对按摩的征服欲？”“没错！”“那你原先做什么工作？”“我曾是一名警官。”警官？我回忆起几年前帮朋友长途运输宠物兔，因道路不熟，驾驶超速，被警车拦下的场景。那位横眉怒目、声如洪钟的警官与谦逊和善到放在人堆里找不着影儿的克莱门特形成强烈反差。如果我没记错的话，“克莱门特”（Clemente）这个名字本身亦源于拉丁语里的“仁慈，温柔，有涵养”。

一时间，我不知怎么接腔。“很多人得知我的过去后，表情跟你的差不多。”克莱门特笑得前仰后合，有股小孩子把戏得逞的灵黠劲儿。他得意中的目光一闪一闪，晃得我赶紧闭上我那双以貌取人的眼睛。

我不由得想起邂逅的另一位按摩师，他额外的身份更加丰富——演员、模特、主持人、机械工程师。那次他碰巧被医疗器械公司派来我家，给我定制的楼梯升降椅测量轨道长度并估价。而他涉猎演艺圈之前是四大会计师事务所的高级经济分析师，一天，有个剧组借用他们的办公楼拍戏，导演一眼相中了疾步赶往会议室的他，并向他伸出橄榄枝。从此，“片约不断，广告接到手软”的传说正式附身于他，我惊叹他享有编剧都不敢下笔的多面人生，也记住了他送我的道别箴言：“你应该感到幸运，你生在一个靠展现就能获得机会、靠努力就能实现梦想的时代，所以不要因为胆怯而虚度光阴。”

这两位与按摩结缘的男士是不是宏观世界对“叠加态”最接近的模仿？我们无法在相同的时间点化为无数个自己，但至少可以在不同的时间段成就独特的自己。

4

两小时后，我在家中淋浴。克莱门特叮嘱我按摩后要补充水分，无论是体内还是体外，于是我允许顶喷花洒将全数雨露，连最初几秒都不带浪费地投喂给浑身半睡半醒的毛孔，有点响，有点凉，有点痒。

我忍不住笑起来。

我在笑网上那个关于“我”的讨论。目前点赞最多的跟帖是一张照片——一头猪爬上墙头往外瞅，发现失踪的同伴正被屠夫按住，处于“死猪不怕开水烫”的拔毛预备阶段。图片配以文字说明：“知道得太多反而不会快乐。”

古今很多学者提出过幸福三要素，如苏格兰神学家威廉·巴克莱相信幸福是“有希望，有事做，能爱人”；英国哲学家伯特兰·罗素崇尚“对爱情的渴望，对知识的追求，对人类苦难不可遏制的同情心”；美国精神病学家罗伯特·瓦尔丁格强调幸福源自“社会联结、朋友的质量和良好关系中的依赖感”……可最令我过目不忘的是法国作家福楼拜的观点：“愚蠢、自私、健康是幸福的三要素，不过倘若缺了愚蠢，那么一切快乐皆会失去。”福楼拜不谈诗意性和普适性，比其他人的客观多了些刻薄，这大概是博得我无奈认同的原因。不过我猜测“愚蠢”的成分中应该有糊涂，与清代书画家郑板桥的传世名言“难得糊涂”相通：大智若愚方可视险如夷，进而夹缝求生。至于我原本看重的“健康”倒忝陪末座，细想不无道理，“忧愤成疾”在某种程度上反证了“快乐是健康的源泉”。

那么“自私”依旧是严格意义上的贬义词吗？说生活复杂的人是否将复杂予以量化？即便全部剪掉也不觉得痛，那头发算不算多余？心绪呢？白日梦呢？还有来不及做的事、打好草稿的纸、璞玉浑金的史诗？有谁认真地计算过它们的价值？此刻，我认真地洗着头发，发现它们悄悄长到及腰，足够成为舞者的道具、模特的产品、画家的笔刷。我将长发提起，均匀地披散到眼前，难以聚焦的贴近让它们看起来像上了墨的珠帘。我揉碎香波泡沫，逐一解开打结的发梢，再捋顺分叉。手掌做毛巾，手指做梳齿，指甲做镊子，脱落的头发缠绕着我随意哼出的曲调，作别珠帘，被“镊子”夹起，黏附在弹出饱满回声的瓷砖墙上。我想起日本漫画《圣斗士星矢》中，天琴座白银圣斗士奥路菲在竖琴损坏的情况下，用牙齿咬紧断掉的G弦，弹奏绝招，击败了天兽星冥斗士法拉奥。若立志克敌，无须武器精良；若真心放歌，亦无须乐器伴奏。

生活复杂，我们总有办法过得简单，只是我们不愿逃脱“情非得已”的绑架。空想与行动拉锯到最后，往往沦落为“因为胆怯而虚度光阴”。从浴室走出来，我想好了给文友的回话：“很难做自己，主要是由于还不够‘自私’。”刚点完“发送”按钮，手机屏幕就亮起新消息提示——是克莱门特。刚才他忘了告诉我，和我打过照面的卷发客人即将搬离本市，正好腾出周六中午的时间段留给我：“这是周期性预约，你想每两周来一次还是每四周来一次？”我喜出望外，在孩子的撒娇声“你能不能多陪陪我”下意识地弹出记忆库、振动听觉中枢的刹那，发出了回复："谢谢！请帮我设置成每四周一次。"

接着，我打开吹风机，调至高档位，没有什么比风叶旋转出的白噪声更能恰到好处地覆盖分心的视线，为思路催眠。喝得酣醺的发丝扭成粗细不一的辫子，潜入融融暖色，身不由己地摇晃，像垂枝的繁朵、镂空的羽翮、尚未烧制成型的玻璃星座，轻鸢剪掠，掩映生姿，模糊了文友朝我隔空竖起的大拇哥："厉害，一语道破！"

碎片

1

今天下午，我挤出一小时，第一次翻开几个月前买的短篇小说集，读完第一页的前三段，手机“叮”的一声，母亲发来短视频，一只玄凤鹦鹉抑扬顿挫地鸣唱《如果开心你就跟我拍拍手》，它看起来像极了我养过的小宝贝……从斑驳往事中回过神来，我找到第四段接着读，读了两行，手机“叮”的一声，孩子的学校发来邮件，提醒家长接送孩子要当心，因为常有司机边开车边看手机，差点儿撞到孩子。我摇头感叹一番，继续读小说，发现有个人名没印象，莫非前面漏看了？只好从头开始读，又读到第四段，手机“叮”的一声，社区物业通知，游泳池紧急维修，关闭两天。我连忙给孩子的游泳教练打电话更改上课日期，聊完一通以后觉得口干舌燥，喝了杯水，一看表，一小时过去了，该出门买菜了。写字台上的小说集还摊开在第一页，手机电量倒下降了30%。

经不起节外生枝的撩拨，一整块阅读时段被叮当作响的琐事敲碎，我心里很不是滋味。美国加州大学尔湾分校的格罗丽娅·马克教授致力于数字媒体对人们生活影响的研究，她指出：2004 年，普通人的注意力平均长度是 2 分 30 秒，2023 年缩水到了 47 秒。不仅如此，人们分心之后需要 25 分钟才能重新集中注意力，回到原来做的事上。为什么要这么久？通常情况下，人们做任务一的时候被任务二打断，做任务二的时候被任务三打断，做任务三的时候又被任务四打断……等从任务“圈套”中逐层返回到任务一的时候，人们已经忙活了 25 分钟其他的事。另外，切换任务本身也花费时间，“我现在该干什么？”“我刚才想到哪儿了？”这些思路卡壳之处极易产生疏漏、差错甚至悲剧。我不禁想起美国诗人薇尔达·莫吕斯的诗《化妆》：（译：诗人、学者非马）

警察不得不承认
这尸首
有一张漂亮的脸

眼线
闪闪发亮的口红
胭脂的双颊
都是在她
以七十英里时速开车时
涂上去的

一心多用，这项信息时代令人垂涎的技能只有少数天才真正拥有。除非其中一项任务是下意识完成的动作，如嚼口香糖或走路，普通人无法同时从事两项脑力劳动。专注一件事必定会放下另一件，边发邮件边开会的员工其实是在二者之间切换，切换速度越快，精神压力就越大，血压升高、心跳加速、疲倦、烦躁……最后导致效率低下。

是什么让我们的注意力急剧退化？数字媒体——人类为自己创造的信息碎片，它的骨架是单调的二进制数，外貌却妖娆多姿、变幻莫测，以文本、图片、音频、动画等形式海量辐射到日常生活的每个角落。智能手机、平板电脑、笔记本电脑……哪里有屏幕，哪里就有数字媒体在施展魔法。

有一位我敬仰过的作家令我至今遗憾。他出道即巅峰，凭借六个小时内一气呵成的处女作石破天惊。他在采访中调侃，也许此生再不会有那样忘情投入的六个小时了。如今二十多年过去，他的名字在图书馆里的文学年鉴上依稀可辨，我辗转找到他，本以为他看破红尘，隐退江湖，不承想他心有余而力不足，家长里短熬枯了他的灵感。为东山再起，他只好修改有限的几篇旧作，靠熟人推荐，却屡投不中。我斗胆向他要来一篇拜读，不甚理解许多被他嫁接到当下环境中的具有明显时代印记的举动，如怀揣打印出来的一沓社交软件聊天记录去见网友、异地大学生情侣每晚定时互发电子邮件等。我更为不解的是，他非但没与现实脱节，反倒对网络热点事件了如指掌。娱乐新闻、市井八卦、学府内幕……我听说过的、没听说过的、感兴趣的、不感兴趣的传闻他都信手拈来。他的长篇大论飞扬在觥筹交错的酒席上、众口纷纭的社交平台上，但没有一句落到纸上。与他的交流令我失望，是那种眼睁睁看着昨日英雄走下神坛却不自知，心碎了一地的失望。“也许此生再不会有那样忘情投入的六个小时了”——首演化作绝唱，他一语成谶。讽刺的是，当年我向大学室友力荐他的作品，室友瞟了一眼，说：“怎么这么多字啊，懒得看。”然后接着在手机上玩她已经玩了六个小时的贪食蛇游戏。我对她“玩物丧志，不思进取”的评价，如今竟送给了我以为最不可能沦落至此的人。

如果连他都变成了这样，我还能相信什么？莫大的恐惧将我包围，我怕有一天自己也会重蹈覆辙……时刻保持危机感，一旦嗅到心不在焉的苗头，我便倍加警觉。

2

数字媒体张开魅力无穷的巨手，探入我们的思维，重塑我们的举止，攻陷我们的意志。工作中被分心毁掉的耐心比比皆是。我给同事发邮件告诉他如何解决一个问题，他读过标题后回复：“具体步骤是什么？”我说刚才的邮件内容里写明了三个步骤。他读过第一个步骤之后问：“步骤一完了是什么？”我说你接着往下读，并给他高亮标出剩余步骤。他说：“咱们开个会吧，你给我一步步演示。”开会的时候，我掰开揉碎地讲，还帮他把会议录了下来。几天后，他又来问我相同的问题：“喂，咱们开个会吧，你再教我一遍。”我让他跟着录屏做，因为一共只有半小时。他皱眉：“我明天去度假，回来得给老板交差，没时间看录屏，现在你赶紧带着我做。”我无奈道：“我现在没时间。”他催促：“要不这样，今晚你替我做了吧。”我表明立场：“我今晚没时间。”他马上跟老板告状说我推三阻四，妨碍了他的工作进度。

他是忙到没时间读三行邮件和看半小时录屏的人吗？不是。相反，他的电脑屏幕上整天挂着同一页文档，他的注意力全在手机里的短视频上。他刷短视频刷得废寝忘食，但没有一个能坚持看完，他不断地划走、刷新、点击，观看一段又一段让他欲罢不能的内容，尽管很有可能他从中一无所获。

我家外门廊上有盏立方体吊灯，每年春天，一对燕子都会飞来在吊灯顶端筑巢育雏。从早到晚，雌燕在窝里孵蛋，雄燕在楼梯扶手上站岗，二燕犹如门神般纹丝不动。我想它们这样大眼瞪小眼会不会很无聊？再一想，它们看人类好几个小时盯着手机屏幕，会不会觉得人类也很无聊？鸟儿创造了新生命，刷手机的人创造了什么？

流量。

互联网时代，“流量”一词突破了物理学和经济学范畴，手机移动数据和网址在固定时间内的访问量都被用来衡量一个人的影响力。无论明星、“网红”还是“素人”博主，他们的粉丝越多，带来的点击量就越高，为网络平台贡献的流量也就越大。根据互联网行业公式“用户

= 流量 = 金钱”，流量意味着商业价值和经济利益，由流量变成现金的过程叫作流量变现。为了流量变现，创作者可谓呕心沥血，他们钻研各个赛道，分析观众来源，寻找黄金发布时间，甚至专门去上自媒体运营课。而另一些投机取巧分子则不择手段，他们把创作者的劳动成果改头换面，据为己有，还美其名曰“对标”。看某些自媒体博主百喙如一地炫耀着流量变现，仿佛掌握了流量密码就实现了财务自由。然而考虑到幸存者偏差，真正变现成功的人有多少？

我的一位文友，做自媒体的初衷是分享世界名著读后感，一段时间后苦于没流量，转型揭露丑闻，豁出去的效果立竿见影，他用惊悚低俗打擦边球的标题吸引来数百万点击量，拉开上千人骂战，评论区各地特色方言不绝于耳。几个月后，我问他变现如何，他说目前为止收到了几百封投诉信，外加一块钱打赏。

流量差有什么不好呢？反正没人在乎你，你大可放心把平台当成树洞，在数十亿道走马观花的目光下畅所欲言。你还可以用心打磨不为五斗米折腰的高质量作品。追热点的文字可能会爆火，但也可能迅速冷却，经典的温度是持久的。可惜人们太心急，等不了饱满通透的愉悦，甚至连不到一秒钟的视频加载时间都等不了，又谈何品味佳作、见证经典呢？到底是什么让人们如此急迫？为什么数字媒体如同催命符一般，不费吹灰之力就驱走了人们的耐心？

3

我的同事刷短视频的习惯，颇能体现“两秒跳出率”这一概念，即视频播放完第二秒的时候有多少观众划走不看。这个数量一增加，创作者就感到焦虑。是不是太多用户潦草地划走了作者的心血，才让作者创作时不再走心，只想靠低成本投入以量取胜？不光自媒体，流行乐创作人也在处心积虑地简化前奏、前置副歌、缩短曲长，企图一开场就抓住听众的耳朵。更有甚者，将整首歌砍到仅剩副歌部分，十五秒内曲终。急躁、毛躁、浮躁……用户的弱点在熟悉心理学的创作者和运营人面前暴露无遗，他们谙晓如何一步到位地俘虏用户的神魂：利他、戳痛点、触爽点、列数字、引好奇……掌握流量密码的关键是要击中人性中最贪婪、最脆弱的部分—— 即时满足。

众所周知，大脑通过分泌多巴胺、血清素、内啡肽等物质使我们感到快乐。平时这些物质的释放量很低，以确保我们心平气和地工作和学习，只有当我们通过努力取得成绩的时候，才会得到上述“快乐激素”的奖励，这种“反馈奖励机制”给予我们不断进步的动力和攻克难题的决心。而短视频、绯闻八卦、手机游戏、网上购物……各种帮我们“不劳而获”的数字媒体以溺爱的方式刺激着我们的大脑，让我们在几乎零付出的情况下享受到大量的“快乐激素”。立等可取的快感，有谁能抗拒？加之这些令人上瘾的东西来去匆匆，满足后的空虚催促我们马不停蹄地寻找新目标来填补欲望，从此陷入恶性循环。试想，如果大脑长期处于亢奋状态，得不到休息，身体如何能承受得了？

即时满足是数字媒体对人类本性的纵容，频繁的纵容将导致人的自控力逐渐丧失，神经的崩溃与行为的失态一触即发，一丁点挫折便会让人暴跳如雷，冲动行事，或自叹绠短汲深，早早放弃……宝贵的耐心就是这样被毁掉的。

我想起儿时在收音机里听到过一首动听的旋律，确切地说是后半段旋律，由于当时错过了歌名，我只好牢记其中一句歌词，让它悬在心间，每次耳畔飘过音乐，无论何时何地，我都不自觉地加以留意。功夫不负有心人，四年之后，我终于在电台里与那首歌重逢，得知歌名的刹那，我激动得一蹦三尺高。而现在，我们凭一句歌词动动手指就能在网上搜到整首歌曲，只怕有的人从头到尾听过一遍、两遍、无数遍，却连一句歌词也记不住。

一切来得太容易，珍宝也被当垃圾。

有时我跟父亲抱怨智者难寻，众生大多心浮气盛，随波逐流，他慢悠悠地说："你操心什么？这世上本不需要那么多精英。"也是，社会的稳定性靠多数人的同轨，聚拢并推动多数人性价比最高的办法莫过于在无形中消耗掉他们异向的精力，以微观的絮语取代宏观的沉默，以个体的忙碌掩盖群体的懒惰。每次读范文，文中的父辈总是和颜悦色，循循善诱，而我父亲上来就给我灌毒鸡汤。不过他大概清楚我写不出范文，更别提当以情动人的作者、普度众生的导师了。我的脾气像地雷，埋在结满冰碴的行文中，冷不丁就炸一下。况且《尚书·商书·说命中》有言："说拜稽首曰：'非知之艰，行之惟艰，王忱不艰，允协于先王成德，惟说不言，有厥咎。'"陈述完毕，我无权约束他人，只能严于律己。

我会在阅读写作的时候把手机调成静音模式，在回忆构思的时候去树林散步。我做不到与世隔绝，也不愿与世沉浮，我抵抗诱惑时所承受的反作用力促使我不断调整自己，以求与世推移。面对缺乏耐心的文坛前辈，我尊重他高傲如故的姿态——“我等你用双手托起你的赞美，毕恭毕敬呈到我面前”，但我不会履行诺言，将费尽周折买到的他的绝版著作寄给他签名，我希望书里封存的是曾经的他，不被他现在的笔触所玷污；面对缺乏耐心的同事，我会要求其将问题具体化，没有动过的脑子无法进行有针对性的提问，等到他做了功课，问出有价值的问题，我再给他文档自学，不手把手地教，也不将他拒之门外。听说心碎的人是没有耐心的，因为他们无法用完整的心去对待一件事，每次只能用一小片心应付一小会儿。所谓“可怜之人必有可恨之处，可恨之人必有可悲之苦”。我理解心碎的人，因为我的心也碎过，我知道它是怎么碎的，更知道怎么鼓起勇气把碎掉的心修补好，然后继续拼尽全力追求梦想，哪怕我的梦想为所有人所不屑。那么，正在读这篇文字的你呢？

微　恙

春

“吱嘎！”“砰！”“咚！”“哐啷！”——我目测不准，一脚踏空，踩翻了木头椅子，跌坐在水泥地上，镜框从掌心坠落，摔成好几瓣。

我盯着被椅子砸花的右腿胫骨前肌，一圈破皮不规则地翻卷，中央鲜红一片，血将从那里渗出，漫过周边浮现的青肿。显然，神经末梢受到了超过痛阈值的刺激，我准备就绪，等待大脑接收电信号并做出初步判断后，送来程度未卜的疼。

灰尘在夕照中旋转，聚成水晶色箭头，指向几步开外。玻璃裂纹里，老照片正回顾自己笨拙的一生：十八岁的我立足滩涂，呆呆望向沧茫虚空中渐变的云，视线越拉越长，越拉越紧，我并没有在思考什么哲学问题，只是刚好从一个趔趄中找回重心，被爸爸抓拍下来而已。

忘了当时疼不疼，反正现在我疼得不轻。我的安全处境让大脑认为疼痛适合发生，于是对我慷慨解囊，奈何我消受不起，被火辣、酸辣、苦辣加麻辣轮番轰炸着站起身，一瘸一拐去找药。记不清这是我第多少次伤到自己了，尤其开春后，相当于缓冲区的衣裤层层缺席，促进了伤口参与，旧疤尚未褪下，新伤立即补上，豁开的皮肉合不拢嘴，笑看我为外出不能穿短袖短裤而怄气的窘态。我从儿时起就磕磕绊绊：端一杯水走路，没迈步就把水扣一身；端半杯水走路，走一路洒一路；端空杯子走路也能摔个大马趴，把杯子甩到云深不知处。我将自己的踉跄归咎于个子大脚丫小，平衡掌握不好，不幸的是，这踉跄并未随着我的生长而离场，十四岁与父母游巫山玩漂流，男女老幼挽起裤腿，排队踩石头过小溪，别人健步如飞，我颤颤巍巍，没走几步，就落到队尾，再走几步，脚下一滑，“扑通”一声，摔了个干净利落，队伍前面传来妈妈气定神闲却极具穿透力的声音：“大家不用回头看，那是我闺女。”

我想我的身体一定是用弹珠垒成的，斑斓的纹理引人靠近，摩擦力又太小，拒绝任何触碰诱发的不稳定性。弹珠之间似有若无的互抵恰到好处，暴露出静力平衡的界限，光滑通透的表面留不住甜，也没有一种色彩让心觉得安全，好比蝴蝶对一束花的花瓣倒背如流，却搞不清它的根须，因为激情是浅表无序的，大爆炸后，引力错乱的星球四散滚落，砸晕了力道所及的触觉感受器与伤害性感受器。

睡了十几年的卧室，从床尾到马桶一共十几步路，起夜时一头撞到墙上；用了十几年的微波炉，左手关炉门，狠狠夹住放进菜碟后没来得及撤出的右手；开了十几年的车，抬腿欲跨入，脚脖子先杵进车门下角……我可以用任何匪夷所思的方式弄伤自己。心情舒畅时，我搬出《六韬·武韬·发启》聊以自慰："鸷鸟将击，卑飞敛翼；猛兽将搏，弭耳俯伏；圣人将动，必有愚色。"心情沮丧时，我在印有粉红花瓣的卡通日记本上写下一堆当时看了想哭、现在看了想吐的矫情文字。有人叫我"豌豆公主"，我既尴尬又无奈地纠正：豌豆公主身上的血瘀来自皮肤太娇嫩，我身上的血瘀来自反应太迟钝——习以为常的麻木取代了为拙手笨脚开脱的动力，也许荒诞的结局不存在合理解释，我秉性如此，无药可救。

若外伤只染指表皮也罢，恐怖的是连角膜都要觊觎。从三岁到十岁，我几乎每年都濒临失明，不是被同学的指甲戳到，就是被反弹的树枝刮到，甚至被飞来的玩具插片刺到。刀光剑影中，记忆库调出几个独立事件的片段：一个是赶往北京同仁医院急诊的路上，我趴在爸爸肩头有规律地颠簸，四周噪声摇曳，稀疏的人影和昏暗的灯光晃进眼角，组成我生平首次乘地铁的印象；一个是候诊室里，一位阿姨用浸透了血的毛巾捂住半边脸，肩膀止不住颤抖，听说她遭遇了高压锅爆炸；一个是医生往我白眼球里注射抗生素，我平躺在病床上，胳膊和腿被几只手按着，一针下去，顾不上喊疼，视野已鲜红一片。这些片段总在深夜里搞恶作剧，把我的美梦反转成噩梦，直到我戴上平光镜，它们才稍微老实。我可怜的眼镜被从天而降的“手抓刺刺球”砸掉过，被迎面飞来的火箭模型撞歪过，冲力常导致鼻托刺破鼻梁皮肤，但好在有镜片做保护层，双眼安然无恙，所以后来即使我的眼镜有了度数，我也不戴隐形眼镜，裸眼游行于我而言凶多吉少。

为了改善我的协调功能，父母给我报了游泳培训班。我下水横冲直撞，所向披靡，几周内就掌握了四种泳姿，并夺得海淀区少儿游泳比赛蛙泳组亚军。教练说我是力量型选手，鼓励我留在体校，接受重点培养。我若有所思，力量型大约是指蛮力十足？怪不得身体随便往哪儿一磕，都是往死里磕，若伤势不轻的话，怎么对得起“力量型选手”的称号？

父母对教练的婉拒令我大哭不止，那时候正值电视剧《绿水英雄》热播，女主人公身怀绝技“飞鱼转身”——游到泳道尽头，在水下翻滚转体，双脚猛蹬池壁，跃出水面，飞行一段距离后再扎入水中继续游，这套动作违背物理定律，但不妨碍我为此痴迷，做上奥运冠军梦。不过我一向唯命是从，父母喊停，我便不再坚持，可这一停不要紧，不到两年，我就把游泳忘得一干二净，一沾水就浑身发抖，高呼救命。都说游泳和骑自行车是学会就忘不了的技能，我偏偏例外，也搜过许多资料，结果都是“为什么学过的知识能忘，游泳忘不了？”从来没有人问“为什么我把学得好好的游泳给忘了？”难道是小脑发育缺陷达不到行动困难的程度就不能被定性？想想奶奶年逾九旬才被诊断为小脑萎缩，即便动作协调障碍得于遗传，我也尚无资格自称缺陷。缺陷有无名号，意味着缺陷的主体将受到与正常情况天壤之别的待遇，“有”等于被理解、被包容，“无”等于被嘲笑、被嫌弃，这对我来说，实属不公。

四月复来，春光乍泄，裙角飞扬——创可贴再次遍布两腿。右腿正中昭示着挂镜框的失误，外侧淤青呈淡化趋势，一路小跑蹭过床沿，又添上崭新的血印，与左腿被橱柜门所赐的黑紫组成对称斑纹，拘役我对臭美并不过分的热忱。见我精神涣散，长吁短叹，上小学一年级的儿子在我年龄最小的创可贴上亲了一下，安慰道："不要心急，慢一点，就不会受伤。"我呆呆地望向他眼里的光，一闪一闪，仿佛沧茫虚空中渐变的云，我的视线越拉越长，越拉越紧——"妈妈，你要给自己一点时间，像鸭博士对双头鸡说的那样。"

最近他正在读儿童作家汤姆·安格尔伯格的图像小说《双头鸡》，双头鸡为了躲避驼鹿的追击，从一个宇宙跑到另一个宇宙，如无头苍蝇，直到遇见满腹经纶的鸭博士。鸭博士告诉双头鸡，与其落荒而逃，不如花些时间武装到牙齿，化被动为主动，一举击败驼鹿。

凡人大多被虚荣追逐，虚荣好似伪装成驯鹿的驼鹿，它的雪橇里装满咒语，用来唤醒贪婪，那是一件危险的礼物："请用你的才华喂养我，换得押给未来的赌注。"未经深思熟虑的心太容易屈服于驼鹿的诱饵，猛打猛冲又不易厌难折冲，多半落得自暴自弃，磅礴的气势源自未雨绸缪后的淡定。如此简单的道理还要靠孩子点拨，看来我确实要冷静下来，驻足反刍了。走水泥路摔多了跤，那么走人生路就少摔点跤，就算硬件设施难以改善，至少我可以通过修炼耐力、减少心碎的方式来弥补物理层面上不可控的痛感袭击。凭智慧为矛，靠意志做盾，对缺陷真正的善待应来自内在。

但愿最近这次的跤没白摔。

夏

当声带丧失了振动效果，迷走神经拉开喉部左右对称的膜状帷幕，登台亮相的浊音不再具备咳喘之外的任何含义，哪怕是意味深长的嗫嚅或者缺乏营养的嘶吼，那么主体的存在便显得多余——一个喑哑的身影等同幽灵，冷漠的表情，焦灼的心情，超出预期数额的闲情循环播放记忆的黑匣子收集来的、导致失声的若干缘由：如果其中之一企图跟踪我在工作会议上喋喋不休的发言，那么渐弱的底气会为我来掩饰鱼质龙文；如果其中之一联手细菌与病毒实施偷袭，那么免疫力会为我起草求救信号，帮我看清自己心中陆续走出的妖魔，劝我变强大，不再被它们诱惑；如果其中之一落入花粉陷阱，那么整个夜晚都会因为呼吸困难而清醒，两万多个面部毛孔统统躲不过类似“堆垛悖论”的困境——一季花粉让我过敏，一粒则不会，若组成一季花粉的每粒都于我无碍，那么花粉何以让我过敏？意识多情，想要慢慢试探现实，而现实的残酷通常自带加速度，即使汹涌热浪煎沸了所有声波，一道小伤口也足以抢先夺走灵感的振幅。纸笔形同虚设，口舌又能如何？我别无选择，只有一天天数日子，熬过短则七天、长则数月的四个疗程，等待时间之手把酣睡在伤口里的疼痛抱走。

这是纠缠了我整整一个夏天的支气管炎。它像一场不完全预谋的突袭，目标是我的孩子，击垮的却是照料他起居的我。扁桃体率先缴械投降，武装了灼痛的肿胀感层层围攻，我等效于不作为的不知所措纵容了病情发展，不到三天，吞咽已如刀割。拿起手电筒对镜一照，悬雍垂几乎看不到，只见小如葡萄粒的嗓子眼儿，我慌忙求见医生。一系列常规化验排除了几大风头正劲的祸源，指向一个笼统得有些潦草的宣判——病毒性感冒。“不到万不得已切莫服用抗生素”的医嘱和孩子不为流鼻涕所动摇的生龙活虎给了我“不日便可自愈”的假象，我决定顺其自然。不料症状愈演愈烈，来势凶猛的咳嗽无法被医生提供的备用抗生素阻拦，撑不到两周后的复查，我提前返回诊所。医生面带流水线生产出来的自信，开出另一轮抗生素、激素、抗真菌药、止咳药，矛头对准支气管炎全力开火，旨在十天内全歼敌军。

十天，对于以往的我来说，一晃而过，对于此刻的我，每秒钟都是折磨。呼吸要轻缓，拿出用繁体字详解简答题的耐心，自鼻腔开始控制气流穿过喉咙的力度，祈求千万别吹倒多米诺骨牌，第一声咳嗽引发的连锁反应，难以凭借我的意志力收场。渴求喉部神经被彻底麻痹，就算失去对温度的感知，也要换来片刻安宁，因此药物迅速跻身我的精神寄托之列，尽管它们让我心慌嗜睡，记忆衰退。如果说喉咙初期的刺痛多少算作咳嗽的抑制器，那么接下来取而代之的刺痒无疑成为咳嗽的助力器。好比蚊子包越挠越痒，我陷入越咳越痒、越痒越咳的恶性循环，两周后再度复查，已经咳到结膜下出血。医生面带流水线生产出来的同情，向我致以“本人无能为力”的歉意：“小可怜，愿主保佑你。”

我相信身体有自我修复能力，因为我的身体在我不相信身体有自我修复能力的时候，给过我曙光。分娩伤及尾骨，小范围阴魂不散的钝痛剥夺了我超过半小时站立或静坐的权利，核磁共振报告上写着我闻所未闻的肿瘤名称，对比肿瘤导致瘫痪的风险和手术移除肿瘤失误导致瘫痪的风险之后，我万念俱灰地放弃了手术，准备与疼痛共度余生。没想到六年将满，钝痛不辞而别。且不说沉疴，单说不久前被我拦腰割裂的指甲盖以持续性钻心之痛，让我领教了指甲生长速度的缓慢，足足三周，缺口顶端才抵达指肚。都说天下没有不散的宴席，到场注定了别离，疾病可谓例外，能够送走的疾病实属贵客。只怕梦成梦魇，梦魇成真。想起大学时期有一位与我成绩接近、关系疏远的同窗突然对我嘘寒问暖，形影相伴，我尚未来得及受宠若惊，便被她传染上水痘，她痊愈得比我早，赶上了线性代数期末考试，我只能卧床养病等补考。无数次责备自己太天真，一时的轻信给体内埋下带状疱疹的定时炸弹，也许它会在多年后终结我……时隐时现的消极念头无法脱口而出，也无法用深呼吸平复，谁让乔装打扮的病毒尾随宿主未遂，唯有靠四面埋伏监视免疫系统来彰显后劲十足？沮丧往往来自大脑未能对规模与杀伤力成反比的病痛做出准确判断，而沮丧尽头往往也意味着惊喜，前提是我要忍耐、等待。

好吧，我等。只是身体能等，工作不能等，病假告罄，会议过载，为避免消极怠工之嫌，我不得不哑着嗓子上场，一块接着一块地含润喉糖，听到来电铃声就发慌，连文友发来短信的提示音都吓得我一激灵：“收到大作了！”我不假思索地回复：“什么大作？”“上周你邮寄给我的书啊。”恍然大悟之际，我自嘲咳嗽把脑子咳没了，想想巴尔扎克、正冈子规、萧红等有志之士是怎样抱病创作的。我真不行，但又不死心，觉得还能垂死挣扎一下，于是撑起半个身子，装模作样地打开电脑敲敲敲。看我呼哧带喘、行将就木的颓态，家人劝我别写了，我抗议，反正在床上也是躺着，在棺材里也是躺着，不如让我抓紧时间创造点剩余价值，况且躺着比坐着咳得更凶，因为体位改变会导致痰液流到气管处刺激咽喉，产生扰己又扰民的猛咳。

不出所料，我想得费力，自然写得也费力，看似笔耕不辍，实则啰里吧嗦。不过我对码字的动力转移了我对病痛的注意力，相当于意外服用了特效药。我安慰自己，一时的废话未必一直是废话，那句著名的“婚姻是爱情的坟墓”不就提炼自二百五十多万字的小说《我的一生》吗？倘若当下混乱的思绪歪打正着，凿出一句金玉良言，岂不是天降福祉于我也？况且天生劳碌命的我根本不堪忍受纯粹地躺着。我怕有朝一日自己真的什么都写不了了，将后悔此刻，在还可以写的时候选择躺着——这里的“后悔做错”和“后悔没做”属于两个等级的后悔，后者的后悔比前者的要强烈得多。

与拖延症患者相反，学生时代，我向来利用寒暑假最初两周完成全部作业。信奉“此时学得痛苦是为了日后玩得痛快”，我不理解某些拖延症患者的观点：我为什么要为日后也许得不到的痛快而遭受此时的痛苦？此时的痛快才是我实实在在拥有的——不过从某种程度上说，这倒是我投身纯文学创作过程的写照。网络诞生前，身为忠实读者，我有意提笔却缺乏驾驭文字的能力，故而一路酝酿至今，自觉勉强可以驾驭文字，却找不到与旧我一样的读者，仿佛热爱纯文学的大队人马已栖居史册，我只能对着自己的牌位引吭高歌。

难免自视废物，我被区区感冒搞得如此狼狈。那些患重病、动手术的人，我无法想象他们的苦楚。他们忍无可忍时泄漏的呻吟，岂止一个“疼”字所能概括——病字部首裹不住甚过严冬的寒冷，始见于商代甲骨文的病字部首本身亦形似某人生病卧床貌，在我眼里，更像一个人背上插着两把刀，难受得直不起腰。虽然我暂时享有不用操持家务、不用照顾孩子，甚至不用保持淑女形象的特权，但这不能缓解我失去表达能力的痛。我身心俱痛。

我又开启自责模式，近两年，我作息混乱、荒废锻炼，挥汗于健身房的习惯一去不返，若想还原生活质量，务必还原一口气跳绳一千次的状态。我在即时聊天工具对话框里罗列强身健体的宏图大志，对面的爸爸看完，直接拨来电话，说：“你别说话，听我说。我突然想起以前看过的一篇小说，酒鬼先生在妻子赌气离家后，面对空荡荡的房间顿足捶胸，痛心疾首，决心今后再不碰酒，过了一个时辰，见妻子心软归来，他顿时喜笑颜开，脱口而出：‘亲爱的，我出去喝几杯！’”我当时的表情，爸爸看不到，我也看不到，但我相信绝对是青面獠牙。好啊，你们落井下石，欺负我一时不具备反驳的气势，那就现在，我偏要立下字据，看我恢复之时，能否效忠“爱日惜力”的誓词。

于是便有了这堆语无伦次的文字。

秋

“妈妈，我真的很想爬，求你了……”六岁的儿子眼巴巴看着我，圆溜溜、湿漉漉的眸子忽闪忽闪，闪得我胸有成竹的拒绝之词如鲠在喉。

树蔸，树干，树杈，树枝……我由下至上打量着面前的树，初秋的风穿透盛气凌人的树冠回旋坠落，砸到松花色的草坪上，溅起微波涣散的余音。严格讲这棵树不算高，但足以高到令我后背发凉。我故作镇定地问：“你不怕吗？”

我大概是在儿子这个年纪的时候意识到自己恐高的，

那会儿家门口的公园新建了个大型儿童攀登架，名叫“八大行星”，八个镂空的不锈钢彩球靠拱形通道、滑杆、攀爬网、阶梯等组件衔接，尺寸各异，错落有致。我跃跃欲试地排了好久的队，没想到刚爬上去几步就觉得不对劲，脚底失去了完整牢固的接触面，视线下方常年踞守的地平线也无影无踪，这让我很不习惯。踏上锁链桥后，我好奇地俯瞰，看到缩水的跷跷板、单杠、转椅、秋千……连同亲爱的妈妈全部沉落到一个遥远陌生的角度，我顿觉头晕目眩，两腿酥软，每步只能勉强往前蹭一小格。身后的催促声催出了我的眼泪，好不容易接近一个滑梯，我连滚带爬地滑下来，蹲在地上干哕一气，发誓再也不玩“八大行星”了。

那是作用力与反作用力加工计算出来的艺术品，造型标准的硕大天体在半空中保持着优美又危险的平衡，我被困在其中，体内的坐标系陷入混乱，暂停了丈量未来的进度。内向、敏感、警觉、羞怯……我具备导致恐高的一系列特质，安全感被万有引力主宰，我尽可能避免脱离地面的活动，且不说蹦极、跳伞、缆车、攀岩之类，单单站到椅子上给天花板的烟雾报警器换电池就已经是挑战，我必须强迫自己不环顾四周，不上下窥视，全程聚焦报警器底边的滑盖，才能在相对冷静的状态下完成任务。

直觉告诉我不能以己度人，我希望儿子与我不同，这样他就有机会去开拓我无法涉猎的疆域，而我又希望他与我相同，这样他就不会继续央求我批准他冒险。未知感导致的忐忑不安令感性压倒了理智，我条件反射地寄希望于后者。

可惜，儿子拍着胸脯向我保证了不下十次“不怕”，我开始怕他的“不怕”过了头，上树以后不知天高地厚地往下跳。有一首德文歌曲，大致意思是：“屋顶的空气冰冷无情，寂静中，我念出你的姓名，你不想听。城市的眼睛正悉数落下的泪，每一滴都是无迹可寻的诺言。我为你向夜嘶吼，别让悲剧成真，别跳，那灯光不是导航，而是陷阱。”我想起天体物理中，恒星的发光近似黑体辐射，红色代表寒冷，蓝色代表炙热，所以红色恒星的温度远远低于蓝色恒星，这与我们在日常生活中对红蓝两色的直观感受截然相反。光谱可以眩视惑听，海拔亦然。为什么有的人站在高处会有纵身一跃的冲动？好像脚下有个饥饿的黑洞正等着吸食时间的骨髓，混沌之中的咒语催眠了悔恨，令意识瞬间失重。

后来我了解到，这种冲动叫作“高地现象”，法语名为“虚空的召唤”。美国佛罗里达州立大学的学者曾对此做过研究，结果出人意料：高地现象与自杀倾向无直接关联，而是与焦虑易感性有关。通常我们接近悬崖时，大脑中的杏仁核会发出警报，模拟出跳下的惨状，令我们产生恐惧，本能地退后。焦虑易感性高的人会对这种恐惧格外焦虑，其实这恰好体现出了强烈的求生欲，只不过有人把它误解为大脑在告诉自己跳下去。

闭眼、尖叫、心跳加速、血压升高……这些生理应急反应都是进化的结果：凌驾喜怒哀乐之上的恐惧有着裁决生死的权力。不悲不喜的人生至多平淡无味，无惧无畏的人生却能随时终结——一道来自死神的隐喻，或者说，那是有关前世的戒律。

焦虑易感性极高的我僵硬地戳在树荫下冒着冷汗，我止不住地搓手，努力地深呼吸，却无法暂停大脑生成的灾难片在眼前循环播放。儿子纤瘦，无辜无助，想到曾经睡在我怀里、时不时抿抿小嘴的温软婴儿现在要爬到我根本够不到的地方……我的抵抗力彻底归零。

有一对燕子每年春天都来我家孕育后代，它们把窝筑在外门廊悬挂的立方体吊灯上。那个位置幽静隐蔽，不受风吹雨淋，高度让猫够不着，四周墙壁的光滑度让蛇也爬不上去，算是块风水宝地。然而即使燕子父母日夜看护，雏燕的成活率依旧不高。今年的三只雏燕不知何故从窝中跌落，两只遇难，唯独的幸存者被我先生放回窝中。接下来几天，燕子父母轮流照顾宝宝，一切看似恢复正常。突然一天早上我们发现窝上苍蝇盘旋，燕子父母不见踪影，感觉大事不妙，搬来梯子爬上查看，雏燕已死，燕子窝的底部藏着一个马蜂窝，难道马蜂蜇死了雏燕？我们很难过，把马蜂窝和燕子窝都清理了。

我专门查了资料，得知马蜂确实会置雏鸟于死地。它们光顾鸟窝是为了享用富含蛋白质的零食，如螨虫或跳蚤，在罕见的情况下，破壳不久的雏鸟也会沦为牺牲品。有人猜测鸟儿欲借助马蜂御敌而把窝筑在蜂窝附近，殊不知，马蜂强大的御敌能力会造成无差别攻击，伤及雏鸟。忘不了自然科学节目中，野外监控摄像机捕捉到的实况：一只刚出生四天的雏鸟被体型与其相当的马蜂一口一口啄食头颅。雏鸟的眼睛尚未睁开，身体无法动弹，只能张大嘴声嘶力竭，它细细的脖颈勉强支撑着脑袋，无规律的小幅度颤抖自动为马蜂调整着进食方向，不一会儿，雏鸟的头顶皮开肉绽。人为刀俎，我为鱼肉。当你弱小的时候，全世界都与你为敌，包括你未来的猎物。威胁降临，你没有真正的庇护，也许至亲率先离去，因为他们无暇自顾。形容自然界的词汇里有“美好”也有“残酷”，艳丽的蘑菇往往意味着剧毒。成长中一次次履险生还导致的与世疏离不仅会屏蔽圈套和痛苦，还会屏蔽信赖和温度，最终，将性格铸造成众多人眼中的强大。

我父母没在我儿时告诉过我这些，我也没想好要不要这么早告诉我的孩子，眼下之急是不能让他爬树，就算他自己不往下跳，也难免失足，我向他解释万一他出了意外，我怕我没有能力保护他。

“我会很小心不出意外的，我保证！”他眼巴巴地看着我，圆溜溜、湿漉漉的眸子忽闪忽闪，闪得我胸有成竹的拒绝之词如鲠在喉。

“女士，请您给他一次机会吧，”身边冒出一个栗色卷发的男孩，歪扣棒球帽，比儿子高半头，“我已经八岁了，爬树爬得可好了，我可以给他做示范。”说完，他环抱树干，脚蹬浮根，身体往上一蹿，磨出成串小洞的球鞋在各个突起处如蜻蜓点水，三下两下就踩上了最大的树杈。“哇！天哪！太厉害了！”儿子止不住的喝彩声把钦慕之情从仰望的目光中源源不断往外引，引出了我尘封的回忆。

上小学一年级的我被石砖缝里长出的一株蒲公英吸引，一小团亮黄在大片线条硬朗的铅灰中出众得有些突兀。每天放学经过那里，我都像着了魔一样观察它，密集细琐的花瓣、柔软的半球状花冠、光滑挺直的茎……我幻想它是地下仙子向我求救的手臂。终于有一天，我把它折断带回家，放进为它准备好的粉色塑料香皂盒中，强行终止的花期让世上多了一枚睡在简陋棺材里的失败标本。我无法克制内心滋生的贪婪，仿佛公开展露的美只有被掠为专属收藏品，才能制止乔装成保护欲的占有欲分泌忧虑。后来，我在电影中看到权贵掷千金为初涉风月场的女郎赎身，邻座的痴情人被这一幕感动得红了眼眶，我却神游天外。浓墨重彩中的青涩极易撬动私心，没有人能承受反差诱惑引发的杠杆效应——另一种形式的占有罢了，我认为，那并非纯粹的英雄主义。广义而言，真正的爱无关控制，好比我恐高，我希望你默许我安享陆地，而非强迫我飞翔，我亦不会阻止你飞翔，因为不恐高的你值得拥有天空。身处盈箱累箧的盛秋，我需要给儿子的初春预留足够破蕾的空间。

我搜肠刮肚，把大大小小符合实际的、异想天开的注意事项罗列一番，儿子耐心听完，在我点头同意的刹那扑向树干。他仔细摸索树皮上每个触手可及的裂缝和棱角，反复比较，选定最佳用力点，之后紧紧抠住，曲起双腿，脚底扒牢树皮褶皱，托着身体向上缓缓挪动，他每挪动一小截，都停下来左右观察，寻找下一处落脚点。不得不承认他的协调性和平衡感都远强于我，行动也比我所期待的更谨慎。几分钟后，他征服了树杈，兴奋地站直身体，高举右臂自称“自由女神像”，一览众山小，惹得树下围观的孩子们拍手欢呼。

上蹿下跳几个来回，儿子已经像猴子一样敏捷，动作轻车熟路。也难怪，多数灵长目动物属于树栖，即便陆栖动物也有很多擅长攀爬。见儿子无师自通，从祖先庞杂神秘的基因库中初步开发出自卫自救的技能，我颇感惊喜。

不知过了多久，儿子的双脚最后一次落地，我悬着的心也跟着落了地。准备离开公园时，我发现附近四五棵树上都挂着聒噪的调皮鬼，妈妈们坐在树下的长椅上无拘无束地闲谈着。淡色秋光透过浓密的火烧云凝视着月夕花晨中的游人，如同凝视着一张无形的毛边纸，它一面光滑，详细记录了整页工笔风格的文字，另一面保持原浆的粗糙，写意时北窗高卧，略微洇墨，似乎并未留意背后讲述的事。

冬

有时候是在树下，我仰望葱翠欲滴的叶片浮在宝石蓝的底色上随意摇晃，掉落的梦如同蘑菇菌盖上的斑点，思念，附着于它们生长。“在这里待久了会发霉的……”警告化作耳语袭来，我陷入慌乱，意识到自己在沉睡，也急于求证贴面的喘息声是否存在，可又厚又重的眼皮好像被未演奏完的乐谱压着，怎么也睁不开。

有时候是在楼顶，我俯视密集的车辆在官方认证的公路上疾驰。斑马线是通向文明世界的阶梯。晴朗的冬日，太阳和月亮同时悬挂在闹市区井然有序的喧嚣之上，一张张近在咫尺的面孔没有表情，对我切换语种的询问也毫无反应。此刻，曾经求之不得的隐身态令我迷惑，惊恐覆盖了惊喜，无声的呐喊在最后一刻拼命唤醒的是必须完成某项使命的信念。

终于，我从神秘敌人手里夺回身体的掌控权，猛地睁开眼睛。表盘上，时针爬过三个数字，补齐了昨晚缺失的睡眠，可精神依旧涣散。呼吸急促，指尖麻木，头痛欲裂，聚焦困难。疲倦像浓雾一样将我吞没，与此同时产生的还有巨大的烦躁和气馁。

想睡的时候不能睡，能睡的时候睡不着，总算睡着了又醒不了，失眠与嗜睡的交替让我很少处于清醒状态，这完美印证了一句俗语：春困秋乏夏打盹儿，睡不醒的冬三月。拿起书，看不到两页就开始打哈欠；一坐上车就迫不及待地去见周公；连开车的时候都会晃神——开着开着，路边的景色越来越陌生，明明记得该拐的弯都已经拐了，却还是错过了不知哪一处十字路口，仿佛刚才一直在梦游。

我先生时常拿我打趣，叫我“树袋熊”，谁让我即便晚上九点半就寝都避免不了次日的浑浑噩噩？只不过树袋熊选择做瞌睡虫是不得已而为之。它们为了对付赖以生存的主食——桉树叶里的毒素，演化出长达两米的肠道。冗长的消化过程加剧消耗了桉树叶中原本有限的营养成分，能量的入不敷出使得树袋熊只能通过大睡特睡的方式来减少消耗，所以它们每天大约要睡 20 个小时。那么我的疲惫来自何处呢？莫非我是属猫的，越老越能睡？体检的时候，我忍不住发牢骚：“我总觉得累，睡再久也不管用。”医生不假思索地接话：“你测一下维生素 B_{12} 吧。”维生素 B_{12}？我愣住了，维生素 B 家族到底有多少成员？

我记得小时候一犯口腔溃疡，妈妈就塞给我一粒维生素 B_2 片，不足图钉帽大小的黄色药片“苦不堪言”，但效果立竿见影。我上网查询维生素 B_2 和维生素 B_{12} 的兄弟姐妹，得知还有六位，赛过葫芦娃一家的“一根藤上七朵花”，它们的本领互相重叠，又各有专攻。方便的是，超市里有卖复合维生素B营养片，恰好帮我实现了懒人愿望——八口化一口，一片解千愁。

化验结果出炉，如医生预料，我体内的维生素B_{12}含量极低。“你每天吃维生素片吗？”医生问我，我点头。“那你是素食主义者吗？”医生又问我，我摇头，虽然我不爱吃肉，但我肯定受不了全吃素。“这样的话，问题有些复杂……其实你只要稍微吃点肉就能获得足够的维生素B_{12}。”医生思考片刻，建议我再测一下内因子抗体。

“内因子抗体”——又一个让我发蒙的专业词。根据医生的科普，维生素B_{12}需要与胃壁细胞分泌的内因子结合，形成复合物后才能被人体利用。而存在于血液、唾液中的内因子抗体会降低胃液中的内因子含量，如果内因子抗体过多，维生素B_{12}便会如酒肉穿肠过，无法为小肠黏膜吸收。维生素B_{12}的缺乏会引发巨幼细胞性贫血等多种疾病。

感谢经验丰富的医生，在短时间内帮我找到了病因。内因子抗体阳性的确诊验证了她的猜测，只是暖气十足的病房里，我被吓出一身冷汗。如此说来，我吃多少肉和维生素B_{12}片都无济于事——出厂配置不合格，缺失柴油发动机的座驾非要越野，最后只能落得力不从心，车毁人亡。医生安慰我说这算小毛病，既然肠胃不接纳

维生素 B_{12}，那么就改为肌内注射，活人还能被尿憋死？我知道，医生给出的权宜之计将伴我终生，丧失自我调节和修复能力的身体必须靠外物辅佐来延迟衰败。因浑然无知而无章可循的净土被折旧的现实所污染，留下空落落、黑洞洞、阴沉沉的遗址……身不由己的白日梦中，我感到某种压力之下的无力。

没有一种白色能满足雪在阳光下的愿望，为了再现伊甸园不惜去改造古城是生活无药可救的版本，而我必须委曲求全。看我闷闷不乐，先生劝我："树袋熊啊，要不你去买个包？我看你好几年没买包了，这可对不住你名字里的'袋'字啊！"的确，疫情期间，我目睹了我的美国邻居们失去亲人、失去工作、失去住所……未知的明天无缘兑现今日的承诺。由此进入应激状态的我果断停掉了偶尔犒劳自己的高消费，告别品牌店。看着家门口沿街的小商户接连关门，我以为品牌店也会受到冲击，不料它们的产品异常火爆，长期的断货导致价格猛涨，一包难求。我百思不得其解，直到看了一档对专柜销售人员的访谈节目才了解到，富人们被困在家里，不能旅游度假，心急如焚，于是把想花又花不出去的钱全砸在奢侈品上。三年疫情对他们的生活没有实质性影响。

我不禁想起一个梗——皇帝的金锄头。古代两个老农民畅想皇帝的奢华生活，一个说：“我想皇帝肯定天天吃白面馍吃到饱！”另一个说：“不止不止，我想皇帝肯定下地都用金锄头！”所谓眼界限制了想象，平凡普通的我还是多观察、少乱想为好。我应该庆幸自己有惊无险地熬过了天灾，此生不易，知足常乐，况且写作的使命尚未完成，我哪有工夫长吁短叹？先生的建议倒也不错，就当换换脑子吧。周末，我重回喜欢的品牌店里转了一圈，无感各式新款，偏偏中意旅行用品区的洗漱袋，不为别的，只为包袋正面从米白色条纹中探出头的树袋熊图案——灰扑扑的脑瓜，黑溜溜的鼻头，亮晶晶的眼睛——我的解压药非它莫属！“这个袋子能当包吗？”先生疑惑。“怎么不能？它既防水，又能干洗，正好适合咱们这儿的多雨气候。而且它容量大，两侧还可以装上 D 型环用来配不同颜色的肩带，多好的 DIY（自己动手做）机会！”我想我说这番话的时候一定眉飞色舞，两眼冒光。其实我选择这款洗漱袋的重要原因是它的价格划算，历经了变故，如今我更看重性价比。晚上，我把衣橱里的旧包拿出来，拆下它们的肩带逐一给洗漱袋装上，再背着洗漱袋照镜子、转圈、自拍、对比上身效果，乐此不疲，直到半夜依旧精神抖擞。先生禁不住感叹：“‘包’治百病，名不虚传！”

我平复情绪，开始每月按时到诊所注射维生素 B_{12}，每半年验血复查。逐渐回归正常的作息缓和了隆冬的严酷，狂风不再为某一根顽固不断的松枝而焦虑。我在玻璃窗上看见了冰花精致的纹路，灵活的指尖操纵键盘记录下容错率降低的温度，只出现在讲述中的鹅毛雪对所有深呼吸的事物翩翩起舞……苏醒的感官将我置于枯木再生般清晰清爽的恩泽之中。我相信，一切都在往好的方向发展。

并非禁欲

1

“所以你一直为婚姻守身如玉？你从来没动过叛逆的心思？你不觉得遗憾吗？”冉芒以红冠啄木鸟凿树干的频率连发来的十几个问号，比他的问题本身更能体现他的错愕。自从他看了我写的东西，就把我当成知心大姐，用文字聊天的古老方式跟我诉长道短。冉芒的聊天风格让我想起15年前的自己：偏好堆砌语气助词、标点符号和动物表情包。

有时候，我不得不提醒他：“你这么个宣泄法，小心哪天我不爽，把你编排进我的文章里。”他大笑：“素未谋面就能当你的模特，小辈不胜荣幸啊，哈哈哈哈哈！”

话说回来，我笔下的故事大多悲伤，我倒真希望冉芒能贡献点喜剧元素。

冉芒正在美国读研，刚入学就对一个同乡女生一见钟情，不顾她在国内有交往多年的男朋友，一心要横刀夺爱。另一位师姐犹如冉芒的镜像，一面网聊着千里之外的未婚夫，一面对冉芒公然示好，秉着“聊胜于无”的态度，冉芒来者不拒。师姐给他的温存源源助力着他追求同乡女生，但也破坏了同乡女生在暧昧游戏中的独家体验。后来三人谈判，两个女生要求冉芒择一交往，为了不伤大家的面子，他需要把决定写在对折的便利贴内侧，封好后交还她们，选择哪个女生就写“我爱你”，拒绝哪个就写“对不起”。

“你选了谁？”面对一个所有人物都脚踩两条船的故事，我提醒自己务必循循善诱，而非以宫笑角。克制用词的最好办法莫过于倒带时光，还原旧我，附身于他，因为人面对自己总有不自知的宽容，虽然我最过分的叛逆对他来说也不过是小儿科。恍惚中，“叮”的一声，冉芒的新消息跳进来，是摇头摆尾的流氓兔表情：

“你猜？”

2

“你猜？”小餐馆里似有似无的情歌旋律中，坐在我对面的高律师冲我似笑非笑，汹涌浑浊的顶光把他褶皱里塞满阴影的脸渲染得惊心动魄：凸起的地方冒油花，干瘪的地方掉碎渣，眉弓光秃秃，鼻孔黑丛丛，眼睑打不开，嘴片闭不拢，一系列附着面部表皮的人体器官随机组合，让我体会到造物主千虑一失的敷衍。

高律师除姓氏之外与他“玉树临风”的网名格格不入的形象，无法激起我足够的兴致去探究刚才没话找话的一问“你结婚了吗”。我与他对视仅仅表示尊重，但他的陈词无法令我维持与他的对视。

他富有煽动性的口中喋喋不休的野心，是在八大学院的每一所中都捕获至少一位佳人芳心，如今他胜利在望，猎物出处列表里只差我就读的学校。而我让他大跌眼镜，他嫌我头发太短，不穿裙子，背个卡通塑料水壶，毫无女大学生的风姿。他为什么中意女大学生？因为她们之中依然有人相信忠贞不渝的爱情，并竭力用教科书式的纯朴净化着世俗的湖面，以保持他俯视的角度，假如湖水干涸，他将无法继续欣赏自己有如皇帝般的倒影，而是面对鱼虾成山的死尸。

高律师熟谙对话节奏，见挑逗之词引来冷场，立即转入正剧格调的煽情模式，娓娓道来自己从素门凡流到服冕乘轩的奋斗历程，其间数次拭泪喟叹，待我逐渐入戏，突然冒出一句："怎么样？今晚跟我回家？……哈哈哈，逗你玩儿呢！看把你吓的。"他咧开嘴，露出萎缩的牙龈上一排黑三角孔隙串起来的黄牙。

那时候，我真切地体会到什么叫作哭笑不得，如坐针毡。我比他高出半头的魁梧身躯里回旋的只有一个幼稚的念头："妈妈，你在哪儿？"

3

这就是叛逆的后果。2003年，我上大二。全球信息联通的时代，网络开放，网民保守，照片比贞操值钱。很多人习惯将文字聊天酝酿成"盲约"。我在名为"摇滚至上"的聊天室里和一个叫"玉树临风"的网友一拍即合，相约去买唱片。他欲说还休的"宝藏小铺"吊足了我的胃口，他说他年龄刚满十八，身高一米八八，是走到哪儿尖叫跟到哪儿的"校草"，我脑中即刻闪现出二次元篮球场上健步如飞的翩翩少年。然而我在百分百沦陷之前保持了一分清醒，将心动告知父母。母亲有所顾虑：事情太好多半为假，莫非他是五短身材的抠脚大汉？

我不解，身高和年龄见面见分晓，骗我有什么意义？要是真撒得出如此明显的谎，说明他别的话也不可信。母亲决定远距离尾随我，并建议："你若对他满意，就跟他去买唱片，当我不存在，否则的话，尽快脱身来找我。另外，给人家带份见面礼，哪怕你临时撤退，也算尽到了礼数。"我连连点头，还是母亲考虑得周全。

准时到达相会地点，我来回扫视人群，却无法根据男主角的特征锁定目标，纳闷中，一位体型如黄铜秤砣般的中年男子从我视线下方猛蹿上来，差点儿顶到我鼻尖。他站稳之后，仰头看着身高一米七零的我，喉咙滚痰似的嗫嚅道："不好意思，我来晚了，咱俩赶紧上路吧。"突如其来的受惊让我心里拔凉拔凉的，果真几乎尖叫，来不及看清他的相貌便脱口而出："不晚不晚，我刚好接了个电话，临时有事，不能奉陪，咱们以后联系！"顺势做出鞠躬动作，把礼物往他怀里一塞，拔腿就跑，远远看到母亲在树后捂着嘴笑。我给了"玉树临风"一件"冷血动物"乐队的文化衫，特大号的，恐怕要被他当作睡袍了。

母亲在我狂奔到她身边时招到了出租车，一钻进车里就对我展开大规模训诫，司机也趁热打铁："小姑娘，社会上的骗子太多，你没经验，听父母的没错。"可惜诲尔谆谆，听我藐藐，我脸皮薄又一根筋，总觉得出师不利乃时运不佳，下次叛逆要对父母保密，我相信自己的眼光和能力。于是就有了小餐馆约见的第二位"玉树临风”——“德才兼备”的高律师，他把简历写得有多靠谱，说出的话就有多离谱。他向我炫耀一个又一个女大学生为他争风吃醋要死要活的时候，是不是在根据我的反馈，来衡量我值不值得作为一项低风险投资，纳入他征服下一个女大学生所必备的论据？高律师，一位投机取巧的浪子，深知如何运用边角料的好处和泡影般的誓言成就爱情的绝笔，将处于对欲望期待又畏惧的动荡年龄段的女孩子无能为力的沉溺落实成通往现实的墓道——沾染鲜血的手攥紧老茧，熟练而有力地拔出丘比特之箭，留给心头的空洞用加长版的忏悔词便可填满。

后来母亲知道了我的出格，令我意外的是，她以温柔的态度原谅了我。也许是年轻，也许只能是年轻，才能使过来人对混沌魍魉的冲动萌生仅一次的原谅。是不是每个孩子的成长中都难免有一场遭遇败类的劫难，给风娇日暖的青春上一堂冰雪严寒的课？

“师姐喜欢你，同乡女生享受被你追求的感觉，估计也喜欢你；你依赖师姐的关爱却对她无感，你喜欢的是同乡女生。如此看来，选择同乡女生效果最优。我猜得对不对？”我以当年母亲原谅我时的平稳情绪，把权衡利弊的分析结果摆到冉芒面前。

“刚刚姐姐，你还是太保守了，”冉芒另起一行，“我在两张便利贴上都写了‘我爱你’——好戏正式开始。”

4

什么是所谓的好戏呢？是在尚未具备能力去驾驭自由的时候拥有了过量的自由吗？初出茅庐的判断力该如何辨别薄冰下的锁喉之吻与流沙上的海市蜃楼？雏鸟忘乎所以地逃出了父母的庇护范围，惊觉恐怖全面来袭，片片纷飞的羽毛像繁华落尽的尾音，颤抖在一意孤行的背面。在老鹰捉小鸡的布阵里，我不谈服从，没有了救星母亲，我必须急中生智，运用有限的智慧激发峰回路转的潜能。

我是靠装傻脱险的。揣测出高律师的企图后，我对他抛来的任何话题答非所问，如同大脑宕机，制造出鸡同鸭讲的尴尬效果。没有有料的外在，也没有有趣的内在，高律师必感索然无味，知难而退。

那是我记忆中最煎熬的晚餐，我只点了一罐新上市的气泡水，陌生古怪的味道令我难以下咽，我全方位的守口如瓶将高律师的试探全数弹回，他决定开车送我回学校。一路上，他自诩多才多艺，嘲笑毕加索的画功比不过幼儿园小孩。看到宿舍楼近在眼前，我忍无可忍地打断他：“毕加索从小接受绘画训练，在十四岁的时候已经能画出有高难度细节的传统现实主义作品了，他的个人风格是从他罹患抑郁症而历经创作的‘蓝色时期’才开始展现的。”他靠边停车，意犹未尽地打量我：“哟呵，你不是一问三不知啊？……下次我见你的时候，你给我把头发留长点。还有，去做个下颌角削骨手术，哪个男人不爱瓜子脸？”“糟糕，露馅儿了。”我以最快的速度切换回白痴状态，打开车门落荒而逃，庆幸只给他留了我的网名，次日便更换了手机号，与昨夜的黑历史一笔勾销。

我向来不怕从一而终的岑寂，唯恐整座山林的啼啭在一瞬间静音。徐徐降临中的变奏乱了谁的方寸？双十年华，我在雾锁烟迷的幻象之上悬崖勒马，冉芒却没抽中命运的吉签。他盼来的不是预期中的好戏，而是深陷情欲泥沼的危机。他将人生劈成两半，暗度陈仓：一半与师姐同居，柴米油盐；另一半与同乡女生不定期开房，如糖似蜜。从游刃有余到自顾不暇的转折点，来自师姐发现他在聊天软件上修改了同乡女生的昵称并与其互换私密照片。师姐情绪崩溃，不顾一切地破门而出，冲向滚滚车流……尽管是一场虚惊，但由于诡计败露，他被双份的责骂、威胁、讨好和乞求左右夹击，在折磨与享受之间坐过山车，不日又遇考试挂科，他一时焦头烂额——大好人生大掉个儿，冉芒，陷入彻底的茫然。

靡靡之音中的错乱迷失……我想起法国作曲家德彪西，他开创的全音音阶为听觉营造出飘忽不定的神秘氛围，如果用在乐曲的某几个小节中，会给人惊鸿一瞥的浪漫感，但若任性地把全音音阶从头到尾地用在主题式、强旋律的音乐创作上，那么听者会被卷入踩在钢丝绳上般的眩晕，仿佛一不留神就会失身星云刺绣的深渊。

“她们让你二选一，你怎么这么不坦诚？”冉芒听不到我有如被钝器撞出瘀青的沉重叹息。

5

“我不做选择，是单纯好奇事态能失控到什么地步。”冉芒的阐述中没有自辩“一往情深”的优柔寡断，也没有两位“玉树临风”的大言不惭。我不确定他有没有用“过尽千帆皆不是”的玩世不恭来削弱自责或自得，但我清楚任何选择一旦做出，命运势必分裂为貌合神离的两个走向。就像画一道竖线割开名词“珍珠鸟”——珍珠，被河蚌富含碳酸钙的硬翅膀保护；鸟，柔软的羽毛下孕育着莹白精致的卵，它们在深层意义上有近乎孪生的对应，但终究一个跃不出水域，另一个只属于苍穹。“你已经做出了选择，”我接过话，“你选择的‘兼得’终将导致‘皆失’。”我客观中性的反驳将他置于沉默，而我没有乘胜追击，因为任何形式的否定中必含有无法被否定的成分，这在逻辑上不可避免，如果不把主宰直觉的道德当作分析行为举止的唯一切入点，那么我们就有可能超越逻辑，发现比否定的反面更高一层的解释。就像日本思想家铃木大拙解释在他眼中既非哲学又非宗教的“禅”：“你很难在外观上捉摸它，乍看得到了它，其实它不在那里，在觉得接近它时，反而离它更远。”我的希望大抵是个蚍蜉撼树的模拟过程，就像我经常在梦中分身，试图叫醒另一个自己，但无论如何都发不出声音，梦中的我在做什么梦，我永远不知道，除非我能更深层地走进自己——这是举步维艰的探索。尽管如此，我依旧希望眼下的纸醉金迷是冉芒开悟的过程，毕竟“舍得”本身意味着“得——舍——得”，有得才能舍，有舍，才有可能迎来更高阶的得。

“印度瑜伽士萨古鲁曾从记忆的角度劝告大家洁身自好，”我试着淡化叙述的针对性，“大意是，你以为有些经历不会被头脑记住，但它们存储在身体里，一旦身体靠近类似性质的客体，就极易乱作一团。所以不要在不经意间让身体获得大量嘈杂的记忆，它们会妨碍你明智地生活，让你难以保持平和与喜悦。”

“可我做不到像你一样禁欲呀……”冉芒丢来小恐龙皱眉的表情。

“不要把‘禁’看得太严苛，我从没禁止过自己做什么，相反，我倒像个欲望的旁观者，无为而无不为。”写下这句，我想起“禁”的来源。根据《说文解字》：“禁，吉凶之忌也。从示。林声。”“林”指趋吉避凶所应杜绝的言行，“示”代表祭坛，即来自上天的启示。上天有何启示？有人结合“婪”字来理解：“二木之下，一女择果。”伊甸园中有一棵生命树，还有一棵上帝不许亚当和夏娃接近的知善恶树，夏娃受到蛇的引诱，起了贪念，偷吃了知善恶树上的禁果并分给亚当，于是上帝把二人逐出伊甸园。借着不同文化冥冥之中不可思议的相通性，一个汉字遍历希伯来语撰写的故事，寻得了量身定做的剖析。

当树林外竖起“禁”的告示牌，游客应该明白此地不能随便进入，但告示牌并未封锁树林，执意进去的人依然可以探险。他们可能迷路、遭野兽攻击、掉入猎人的陷阱……也可能安然无恙。生死有命，一切在于自己的选择。由此可见，所谓的禁欲不是刻意禁止，而是选择怎样去生活，选择生活被什么支配，或者不被什么支配，进而有所舍弃。自从我选择让智慧而非激素主导生命的一刻起，我就必须保持身体记忆的简单。七情六欲都可以压缩进维持生存的区域，把更多面积留给求知欲。

“长话短说，我选择了某种获取愉悦的方式，或许它不被你理解，也不被别人理解，但于我极度舒适。”我陈述完毕，点击了“发送”按钮。

“哇哦，你一直这样务实吗？那你是怎么找到另一半的？”我想此刻冉芒一定睁大了眼睛，像重置记忆的金鱼盼望穿过凸透镜中魔法般倒立的珊瑚群。

6

断目东海扬尘，含眸袖里乾坤。有哪种天象覆盖面很小，杀伤力却极大？龙卷风。自省的龙卷风在头脑内部环行，沿着最大风速半径，整合排序长短不一的人生目标，被甩出漏斗云的优先级，无须直觉证明。两度“盲约”捣毁了动情的憧憬，几经忏悔，我心如止水——唯琅嬛福地，意往神驰。

随着年龄的增长，我对男女之事看似不开窍的不上心招来了不少揶揄：“你这学霸是不是读书读傻了？”我不觉得我是学霸，凭着中上游的成绩，只能算老师口中最有前途的“第十名左右的学生”。老师的本意是这类学生不是死读书，而是把一部分精力放在了爱好和社交上，因此得以全面发展，但我是死读书才拼到这个名次的。不过那些揶揄的中心思想倒不算妄断，不少学霸在恨嫁年龄之前，常常无感甚至反感坠入情网，这种冷淡在我看来是冰川期人类进化竞争的潜意识。

经过数次严寒酷刑的洗礼，人类幸存的本质趋向智力较量。如会生火的直立人淘汰掉了只会造石器的能人，之后又被更聪明的早期智人——尼安德特人淘汰。尼安德特人与恶劣气候抗争了至少 20 万年后，败给了文明程度更高的晚期智人，也就是现代人。据科学研究，尼安德特人基因中有 20% 的变异遗传到了现代人身上，其中部分基因与抑郁症相关——摧残人的种子亦会催生天才。既然智慧是生存之本，学习好的人就不用过早考虑婚恋，因为那并非进化的最优选择。

这就解释了为什么有些成绩优异的漂亮女生也对恋爱反应迟钝。和酸葡萄心理无关，“美丽”这项稀缺资源或许真的是推动繁衍的隐性基因。其实我觉得自己更像是由于相貌欠佳，几乎无人问津而歪打正着地潜心治学，进而意识到现实世界的无常。我很有可能从我的孩子“人之初”起，就尽量向他展示客观事实，趁他还听得进去我唠叨的时候，因为我不想看到他重复我当年走出象牙塔时才发觉自己一直被彩虹泡泡蒙蔽的震惊和心碎，也不敢保证他的叛逆期度过得如我的一般四平八稳。

我们一直学习经典物理，习惯将问题解决在理想环境下：无限光滑的平面，无重力，无摩擦力。但这种情况不存在于书本之外的任何地方，牙仙子和圣诞老人不会现身，营救公主的屠龙王子也不会，即使你虔诚祈祷，彻夜恭候。但现实并非无懈可击的残酷，毕竟我们是依靠无处不在的漫反射才看到了世界上琳琅满目的部分。当我们开始欣赏不知名的鱼儿在藤萝摇曳的水藻间穿梭，优游卒岁，挥霍着与未来无关的波光，一阵暖风，已提前把我们的执念吹散。

7

2010年，年近而立的我架不住父母催婚，在征婚网站上注册了会员。彼时，修图尚未成为提高配对成功率的默认选项，会修图的我坚持上传了原始证件照，也做好了颗粒无收的准备。内心公正的准则不允许我欺骗有可能陪我走完后半生的枕边人，尽管我有一张不符合普世审美的脸，我也唾弃套用第一位“玉树临风”的拙劣手段来赌一个瞬时的胜算，也正是这张脸，给了我面对贬损时足够强大的心理素质。

我的先生比我更坦率，他甚至没有网名，直接以本名注册，他的本名通用得像超市里批量生产的大路货，给不了我任何想象空间。他是直接从证件照里走出来并赋予“玉树临风”具象化的人，他的敏锐和果断引领我一路风驰电掣地从初恋步入婚姻殿堂。我曾问他：“你不嫌我丑？”他的表达量超出了我原音重现的能力，删繁就简，大致是他着迷我淋漓尽致到破釜沉舟的真诚，外貌向来是个各花入各眼的浮动指数，我在他眼里最美，这已足够。的确，一千个人眼中有一千个哈姆雷特，如果我面前的一千个人眼中只有一个哈姆雷特，而那个哈姆雷特恰好不是我，那我再换一千个人便是。“弱水三千，只取一瓢”，有些人熬过了常人无法忍受的疼痛，赢来了被舆论广泛认可的流水线美貌，但再多的追求者，最终只能委身一人。什么样的人？一个第一人称眼中的而非第三人称眼中的人。何以做到？欲择人，先知己——了解自身所需是任何行动的前提。

当然说起来容易，命中总有些趋势不明朗的开端，像针织围巾里躁动的线头，让人忍不住去揪，一路拉扯到底，除了一团乱麻，一无所有。

我没有向冉芒滔滔不绝地输出我的心路历程，因为我不想让自己像祥林嫂一样招人烦。不过我可以把它写下来，给巧遇它的人高度自主性去细读或跳过——就算没帮助，至少没害处。

“你料事如神啊，”几个月后，冉芒发来信息，“师姐毕业后打了个‘飞的’投奔未婚夫；同乡女生跟我和好了没几天便被外系男生挖了墙脚，留我一人形影相吊……我不计后果，偷尝禁果，自食其果。”“节哀。但愿你否极泰来。”我给他回复了拥抱姿势的小熊表情，想再多安慰他一下，但担忧词不悉心，言多语失。

“刚刚姐姐，我累了，想好好学习了。将来我打算创业。”

8

2023 年，我在新闻里看到高律师又获得了某个令他的同行望尘莫及的头衔，加在他已经享有的几十项荣誉之上，远远超过“锦上添花”的分量。修图过度的今天，距离产生美的海报里，高律师像吃了回春丹，肤若凝脂，笑不露齿，似乎在抗衡造物主对他不负责任的设计。恐怕连他见了海报都要管上面的自己叫声“儿子”。他大概不必费心去上网约女大学生了，以他现在的社会地位足以运筹帷幄，坐收渔利。素什锦年二十载，有多少痴情少女见证了他冷血的辉煌？他有没有给她们含泪下跪、指天许诺过的名分？他有没有进阶自己的野心并为之劳形苦神？还是他惟其笃行术业而放下了部分张扬的贪婪？我一无所知，但我知道冉芒言出必践，投入了创业大军，等到他一度销声匿迹的社交动态再次更新，他已成功拿到了种子轮融资。

“有志青年，什么时候谈婚论嫁？”我故意问他，等着他怼我“哪壶不开提哪壶”。

“不知道哦，”他发来敲木鱼的熊猫表情，“我好像发现了比女孩子更能激起我征服欲的东西。情场上的事，该经历的我都经历过了，现在反倒有些无欲无求。”

澄怀观道，卧以游之。像绷直的琴弦隐形于一个小世界强有力的旋涡中，支撑起内部正在形成的核心，所有的咏叹调都不再令人焦急。“怕你什么，称王称霸，来臣服我之下。银河艳星，单人匹马，胜过漫天烟花。”现阶段，混天撩日与混俗和光均非冉芒的人生选项。当我们隔屏交谈，某些由交谈衍生的思路已经摆脱了对话框的局限，去捕捉一连串问号后更加宏伟的答案。我相信，等我们从万花筒一样乐不思蜀的旅途中归来，会发现曾认为纵横四海的风景不过是一寸照片中随意的定格——愿冉芒找到了弥补自己命运缺口的专属拼图。

Chapter Ⅰ 跋

摆脱控制

“胡刚刚，你怎么这么自由散漫？再乱动一次，就给我去墙根站着！”小学二年级，我转到一所新学校，班主任白老师每隔几分钟就点我一次名，说我没按照她的要求把双手背后。可坐在我前面的几个同学又是抠耳朵，又是揉眼睛的，白老师怎么不说他们，光说我呢？我正琢磨着，右手没绷住劲儿，往下耷拉了一截，垂到身子侧面，还没来得及往回缩，就被白老师抓了个现行：“胡刚刚，你给我去墙根站着！”

“这个新来的孩子可能有多动症。”白老师跟每个任课老师都这么介绍我，她向我证明她威力的方式加大了我向人证明我能力的难度，也让我比一般孩子更早出现“中二病”症状：自恋又自恨，自大又自卑，一张暮气沉沉的厌世脸上挂满“全人类都不理解我”的幼稚。“自由散漫”这个伤我自尊的定语一度被我当作自嘲签名。

为了使受伤最小化，我以表面上的无条件配合来掩盖内心的无数次反骨。在迷上科幻之前，我已经幻想过逃出家和学校，逃出社会秩序，逃出太阳系或者更多。我严格遵守考场作文规则，写老师称赞的范文，可我不觉得我擅长写作，我觉得螺蛳壳里做道场的我不是真正的我。我真正意义上的处女作灵感来自水螅。初一生物课上，老师讲解属于刺胞动物门的水螅原始低等，因此消化道只有一个开口，食物和排泄物都从这一个口进出。“也许是因为它太薄了，如果它有一条两个口的消化道贯穿身体，它就会分成两半而死掉，好可怕。”这样想着，我脑中出现了一个幻想故事的雏形：我们偶然发现可以控制低维世界的同时也意识到自己正被高维世界所控制……套娃中的一员开始觉醒，却意识到在爱和责任的控制下，一切尝试性的摆脱皆徒劳，于是它陷入共生关系中进退两难的宿命。我给这个故事取名《控制》并设计了两个角色——郁建和莫诗，连读便是“预见末世”。

《控制》初稿的语言平庸到让我想吐，我厌倦了手中被驯化的笔，不想让中规中矩的叙述毁掉一个前卫的故事，便将故事搁置。

以现在的眼光来看，故事本身亦沦为平庸，其核心思想大致可归为众所周知的“降维打击”：小说《三体》中摧毁人类文明的武器“二向箔”可以将太阳系变成一张画；电影《星际穿越》中的男主角通过黑洞以第五维生物的身份向书房中任意时间线上的女儿传递信息；英国电视剧《神秘博士》里的二维生物对人类发起毁灭性进攻……此概念已被广泛运用在文学影视创作中。但我相信当时它是前卫的，就像互联网和私家车普及之前、寻呼机大行其道的20世纪90年代中期，女同学梳起《Di

Da Di》音乐短片里的辣椒头，男同学穿上连帽衫和喇叭裤追韩流，而我在草稿纸上用2B铅笔画出了全触屏智能手机的设计图一样前卫。

一晃四年过去，上高中的我将《控制》重新润色，第二稿的风格深受爱伦·坡的哥特小说影响，夸张、怪诞、神经质。再后来我步入大学校园，成为《科幻世界》杂志的忠实读者，我记得柳文扬的《一日囚》、潘海天的《饿塔》、何夕的《伤心者》、刘慈欣的《镜子》……那些给过我错愕、泪水和失眠的作品颠覆了我想象的模式。我记得何夕的粉丝与刘慈欣的粉丝“拌嘴”，也加入过他们关于软科幻与硬科幻的辩论。等到我不再胆怯地向人提及我喜爱科幻，才意识到《控制》从构思到二稿完结，再到眼下，已历时八年。

我鼓起勇气向《科幻世界》投出了《控制》，三个月后居然收到回复。一针见血的审读意见给我的惊喜在极大程度上安抚了我的失落，这封我人生中第一次也是迄今为止唯一一次收到的非模板退稿信，我想我有理由保存至今：

胡刚刚：

你好！

来稿《控制》现已审读完毕，总体感觉是有一定的构思，语言比较流畅。但因为描述性的语言过于繁复了，读起来比较累。另，作品中介绍理论的段落太长，如能简化一些，可能阅读起来会比较轻松一些。鉴于此，现将作品予以退稿处理。谢谢你对科幻的支持！欢迎继续来稿！

杨枫

2004年4月9日

而我没能如编辑所愿继续写作，我将“叛逆计划”付诸行动，全身心投入出国留学备考的旋涡中。我中止了科幻作品的阅读，或者说终止，因为现实压得我喘不过气来，我无福消受科幻为我烹制的想象力加餐。

在阿西莫夫的小说《星光》中，主人公试图携带巨款逃脱宇宙刑警的追捕，他驾驶飞船随机跳入银河系的某处，想靠一台收集了银河系中所有恒星坐标的计算机算出他目前的位置，然后找到离他最近的适合居住的行星，完成第二次跳跃。然而，他没想到自己跳到了一颗超新星附近，由于之前的亮度等级尚低，这颗超新星并未被计算机数据库收录，这意味着计算机将无法找到以这颗超新星为中心的星位构形而一直运转下去，直到能量耗尽。面对未来，我无时不怀着如读《星光》的恐惧，我不确定自己的跳跃会来到寸草不生的星球还是世外桃源的入口，不确定会一头扎入恒星内部还是陷入无限循环的奔波，但我确定的是，我不喜欢正在经历的生活。

与命运对峙的人是我吗？还是在我控制命运之前，它已经把我控制了？那么藏在未知时空里的命运到底是谁的？或者是一对不分你我的欢喜冤家控制了彼此？不管怎样，等命运再度给我喘息之机，又是十年过去。对写作的瘾诱惑我重新提笔，我按照《科幻世界》的审读意见，对《控制》进行了瘦身，删掉三分之一的篇幅，并以此获得2015年北美汉新文学奖小说组冠军。颁奖典礼上，我听到评委对我的评价："我们相信《控制》的作者在今后的书写中创造出来的世界是人们无法想象的。"两年后，《控制》被《收获》杂志收录在"收获·科幻故事空间站丛书"的《幻境工程师》里。我这篇迟到了20年才找到归宿的处女作由于构思落伍而饱受批评，有读者称它为我创作路上的败笔。

当然，更多人视我为在蛹里打盹儿的新人，不过被大家当作逗点的《控制》被我封缄成了句号，尽管它对我的意义之重不亚于展览柜里的文物——它不是我写作的句号，我只是不再写小说。也许白老师的责备有一定道理，我是个自由散漫的人，不拘泥于遣词造句、结构布局、主题思想等一系列写作定式，我把光学示意图、程序流程图、速写插图、罕见字、小众成语……统统邀请到我遍布探索脚印的文字森林里来狂欢。想起一个词 Rumspringa，它在清心寡欲、与现代科技隔绝的阿米什人群体中，特指青少年从 16 岁到 21 岁，有两年可以体验外界有电的生活，如使用电灯、电话、电脑、汽车等，然后决定是否“还俗”。一旦步入创作的 Rumspringa 境界，我立刻变身为出师不久的学徒，面对斑斓若曦的颜料，怀揣急切施展的技巧，恨不得用上所有色调来装饰亲手设计的木桥。修辞泛滥的油漆桶里盛着我浓烈的、稠密的、令人窒息的情绪。这个词和那个词混合，能生成什么新情绪？对表达的作用力效果，是叠加还是抵消？换上另一个词试试呢？化合反应、分解反应、置换反应、复分解反应，我一头扎进文字实验室，手忙脚乱，废寝忘食。

渐渐，我发现形容词的冲击力取决于支撑其情感的强度。最大化我情感强度的是亲身经历，还原亲身经历的文体只有散文，我眼中最隆重、最缭绕、最迷人的文体，一个最有延展性、最有可能被打破和重塑的文体，让我的诉说有了寄托。面对情感寄托，我不能随便。“不酝酿到位绝不下笔”这条我最初给自己的规定，慢慢延续下来，成为每年只写三万字，字字达到我能力极限的习惯。

巩固该习惯的另一要素，或者说遗憾，是写作从未主导过我的生活，它填充的是我从学习、工作和育儿中抢来的时间碎片。碎片弥足珍贵，容不得我一丝敷衍，我要每分钟的书写都是饱和的、丰富的、精细的、无悔的。一个素材，我可以封存多年，耐心等待它发酵出异于或高于本初的视角及思考，再以不带留白的渲染、无以复加的剖析，成全它淋漓尽致的绽放。哪怕建造巨厦，我也倾注微雕之功，所以读我的散文不是放松，而是挑战。

换言之，我真正享受的并非作品，而是写作的过程，一个他人看似自虐，于我可谓享受的过程。无视经纬的写作过程中，我灵魂出窍，云游古今寰宇，推敲记忆拼图，开采人生百态，至于所获，无须证明——证明自己无异于自贬处境，“证明”本身即特殊意义的讨好，需要自始至终天衣无缝，但反证只需要一个理由。所以不去讨好，不去证明才是难能可贵的本领。我不再去在乎身边有多少个“白老师”，文字永远有改进的可能，左顾右盼不是选项，我唯有不断向上攀登。

曾有人问我《控制》是不是疯子的幻觉和呓语？它的结局是否预示着毁灭？我想说休眠也是修炼的一部分，就像成形是成长的一部分。继散文集《边界》和《珍弃》之后，这部《反熵》是“逆风成长三部曲”的完结，随着书中最后一篇散文《并非禁欲》收尾，我也将迎来不惑之年。

然而，这并不代表成长的完结。成年、成熟和成长之间不存在必然联系，成长是一种独立存在的持续态。只要心里一直有个熊孩子，注意，是熊孩子，不是小孩子，那么无拘无束的灵魂就能在保持好奇心的同时保持叛逆，以“摆脱控制”的斗志进入生命的全新阶段，无论是创作的心态还是方式，都将从更高的维度拉满弓，启动一级戒备响应，再回到起点。

是的，回到起点，一切才刚刚开始——

控 制

“莫诗，这是废弃的医院吗？你不会一直躲在这儿吧？”六年未见，郁建为好友积攒了满肚子疑问。他曾与莫诗亲密无间，可自从莫诗废寝忘食地研究起暗物质以后，就和他断了联系，直到两天前的突然来函令他喜出望外，以至于他来不及推敲信中半遮半掩的言辞和恳求得有些过分的邀请，就匆匆跳上长途汽车，于第二天日落前赶到了信中约定的地点与好友相会。

来到郊区一座山的山脚下，郁建为自己的冲动而感到后悔了，尤其见到莫诗后，心中更是一惊：好友昔日红润的脸庞变得苍白干瘪，原本厚实的身板也薄成了“纸片”，好似一具骷髅从余晖中摇摇晃晃地走出来，挣脱着不断加深的夜色。不过唯一熟悉的是那双炯炯有神的眼睛，仍然像鹰眼那样锐利，尽管它们布满了血丝。

“你怎么把自己搞成这样？怎么搬到这么个地方来？你每天吃什么啊？”郁建连珠炮似的发问，可莫诗看起来十分焦急，似乎没心情寒暄，只是说了句“跟我走”，就飞快地朝来的方向走去。郁建只好跟着他一路小跑，路边残败的房屋在朦胧月光下奇形怪状地矗立着，仿佛《天方夜谭》中的异界神庙。

“我很健康，谢谢你的关心，”莫诗的声音听起来有气无力，“至于我为什么来这里，我想是为了更多人的安全……”

“更多人的安全？什么意思？”郁建正要细问，莫诗突然停下脚步说："到了。"

郁建跟他穿过两间低矮相通的砖房，来到一扇灰白色的拱门前，莫诗摸索着门边轻轻一按，沉重的铁门缓缓移开，里面非常幽暗。他们踏进去后，郁建借助外面的光线，隐约看到这是一间狭长的屋子。一股潮湿凝重的混合气味——说不清是金属熔化还是硫黄蒸发后的残留——在寂静的室内弥漫。当身后的门"哐啷"一声关上后，他们立刻被伸手不见五指的漆黑包围了。

"这是我的实验室，你先别动，我去开灯。"莫诗边说边大步走向深处。不一会儿，一片橙色的光从黑暗中挣扎出来，令郁建大致看清了这个怪异的实验室，确切地说，它是一间没有窗户的空屋子。布满导管的方解石墙壁经过后面光线的双折射，显得空灵而透明，稀薄的烟雾不断从地板上的裂纹中钻出来。莫诗站在屋子另一端，背对着一堵布满五颜六色开关的墙壁，目光如炬地招呼着："快过来吧！"郁建强装笑意，不情愿地走到他身边，心想只有莫诗才会喜欢这种法老墓穴似的屋子，而且压抑的格局让他产生了一种不祥之感——尤其那些开关，密集，复杂，诱人地暗示着失误——算了，他怎么能怀疑自己的朋友呢？毕竟那是莫诗多年的心血，用他在信上的话说便是"终极完美"。不想那么多了，也许适应就好了。

“你知道，我们周围存在着百分之九十以上的暗物质，”莫诗边说边舔着嘴唇，“通过一种叫作引力透镜质量分布的绘图技术，我们可以了解它们在空间范围内的聚集程度。我的研究最初就是从遥远的宇宙蜃景开始的。

“后来一次偶然的机会，一种微弱的引力透镜效应让我的工作重心转移到近距离范围，我发现了无数互相独立的二维宇宙，如你我之间不到半米的距离之内，就可能有好几个二维宇宙。它们像一张张纸片，分割着我们的三维世界，在各个方向无限延展，每一条交线都构成类似国度的边界。再后来，我把全部精力放在了将二维宇宙景观调整到可见光范围内的工作上，终于使它们可以被肉眼所观察，不仅如此，甚至可以被我们所……”莫诗犹豫了一下，“我想我已经做到最后一步了——虽然声音传递的问题还没有解决，但是不会影响观测效果——郁建，我想请你和我一同见证我的研究成果，这对我来说非常重要。你只需要用眼睛看，除此以外的一切由我为你解说。”

莫诗的手微微颤抖着，在身后的墙壁上接连按了几个开关。赭石色的气流从两侧藤蔓般盘绕的导管中喷溢而出，在他们眼前勾勒出一幅巨大的油画，画面琳琅满目却模糊不清，色调也十分阴暗，像是一种浑浊的紫灰色。

“等我调整一下压缩系数。”莫诗像是自言自语地咕哝着，小心翼翼地旋转着一个圆形开关。随着烟雾逐渐升腾，幕布里的景象变得清晰立体起来。郁建看到了正中央一个巨大的盆地，像一个黑色的大碗，光滑优美的弧线闪烁着诡异的诱惑。在它周围遍布着山峦和峡谷、丛林和草原，还有蛛网般分布在平原区域的猩红色河流。“郁建，你仔细看，右下侧。”

郁建顺着好友所指的方向望去，看到几只像水螅一样的半透明生物从一条小河中爬上来，一边用细长的鞭毛擦拭身体，一边向一座山下慢慢移动。郁建定睛在幕布上搜索了一番，发现到处都是这种小东西，它们形态迥异，有的像布袋，有的像螺母，还有的像花生，群居分布在山脚与河边。它们把居住地修建得各具特色，有的像金碧辉煌的环形宫殿；有的像巨型软体动物，尺寸随进出生物的数量而伸缩；还有的像高塔，塔身伸出许多荷叶状平台，居民们忙着把水源从塔底运输到各个平台，平台上的黑点看不清是什么，但总归不过是食物或幼崽。它们似乎有很强的种族意识，不同种类的两群相遇就融合成一团，不同形状的两只相遇就融合成一只，郁建猜测那是所谓的战争或捕食。“莫诗，为什么所有生物的身体构造都停留在原口动物阶段，看起来就像是薄薄的空腔呢？”郁建问道。

“你想，如果这些生物像我们一样有一条穿过全身的消化道，那么它们在二维世界中就会解体，所以它们……”

“所以它们必须将没消化的食物从同样的通道排出来，而且它们身体中甚至不能存在类似血液循环的机制？”

“是的，这些脆弱的生命！郁建，别忘了你眼前的一切只是平面而已。我不过在视觉上做了特殊处理，这才让你看起来更习惯一些。事实上，你所看到的景物没有任何层次，那些生物和它们的宇宙一样，在垂直该平面的方向上是无限薄的。只有中心那个深陷的曲面——你一定看到了它漏斗一样的碗口——体现了二维时空中的弯曲现象。”莫诗叹了口气，继续说道，“所有生物都生活在这个具有弯曲碗面的宇宙空间里，它们看不到曲面的外头，也没有任何方法去获得关于它们宇宙以外的任何信息。郁建，你不觉得它们很可悲吗？这种局限给他们带来了无法解释的困惑！我曾亲眼看到它们修筑两条平行前进的路——我不知道它们管那叫什么，总之在我看来是在筑路，而且是发光的路，它们干得热火朝天，在碗口外部广大的平直区域，那两条亮晶晶的细丝是永不相交的，可当它们顺着碗口滑入曲面，怪事出现了，两条路在碗底交于一点，交点的光芒像星星一样嘲弄地眨着眼睛。”

“哦，然后呢？”

“接下来发生的事在我预料之中：它们花了大量精力寻找误差，用尽一切办法测量两条路是否平行，在看似始终平直的二维世界中无济于事地忙碌着，却最终没能挽回工程夭折的结局。当然，也许它们发现了碗内空间弯曲的事实，也可能推测到存在一个三维空间，它们的宇宙就嵌在其中，它们可能把那个三维空间叫作超空间并猜测它的性质。咱们看那个空间没有丝毫问题，因为它就是我们生活的空间，可这对于只有二维经验的生物来说是多么困难。它们不仅无法走出二维宇宙，进入超曲面的第三维，而且永远看不到超曲面，因为它们只能通过存在于自己宇宙中的光线来观察，所以对它们来说，超曲面是完全假想的。”莫诗边说边摇头，“唉，这些愚蠢的小东西！即使它们知道了又能怎样呢？这只能令它们陷入更大的迷惑，况且它们的智力水平远没有这么发达，其实从某种程度上说，这倒不是件坏事。但我们就不是了！我们可以通过三维超曲面嵌入图的思想实验和几何测量发现空间曲率，从而证实像史瓦西解这样古怪的时空弯曲预言。然而这又有什么意义呢？我们无法理解的东西比我们似乎已经理解的东西要多得多。超曲面的维和我们自己宇宙的任何一维没有关系，那一维我们既走不进，也看不见，并且不能从中得到任何信息。也许它唯一的用处就是帮我们看到了黑洞、引力波、奇点和虫洞的弯曲几何。但是我们努力了这么多年，到头来发现的不过是在超曲面生物眼中显而易见的景观而已。这对于生命历程昙花一现的人类来说，是多么巨大的浪费！”

“莫诗，你不要太悲观了，很多事不是一蹴而就的。”郁建听出了莫诗话语中难以掩饰的伤感和无奈，但好奇心让他来不及认真思考好友的长篇大论，便忙不迭问道，“既然你对它们了如指掌，那自然也有办法与它们沟通了？”

莫诗的身体突然剧烈地颤动了一下，他望着全神贯注盯着幕布的郁建，深吸一口气，努力压低了自豪中掺杂着凄凉的嗓音：“它们过于低级，无法理解我传递的信息。但我的一举一动确实可以影响它们，不仅如此——”他凑到郁建耳旁轻声说道：“我还可以控制它们。”

郁建浑身一激灵，瞪大眼睛望着好友：“真的？……

那快让我看看吧！”

莫诗皱了皱眉头，飘忽不定的橙色光线把他的面部线条切割得更加生硬：“事实上，它们生存环境中的大部分自然现象完全可以人为操纵，这就是说，目前二维世界自然现象的自发概率已经相当低了。如果你不介意的话，我可以给你来一次绝妙的表演。”说着，他顺手按下一个开关。

随着头顶嗞嗞的摩擦声，天花板上的一块砖开始活动，三个圆形探头从错开的缝隙中伸出，朝着二维世界扫射激光。整个幕布变得光影交错，遍布各处的生物纷纷停止劳作，涌向栖息地。

“我正在模拟闪电，闪电预示着暴风雨的来临，”莫诗喃喃地说，“我把激光发射的时间间隔设置为随机，使效果更加逼真。”接着他又在旁边按了一下，郁建只觉得身后一阵热风袭来。“我通过温度的调节改变气体的状态，从而达到降雨的目的，”莫诗的解说过于简练又毫无感情，郁建只能猜测那是因为他见怪不怪的缘故，“我还可以改变光线，用大型物体的直线运动在二维山脊上形成波浪状的投影，制造出日食。”

“噢，那太刺激了，”郁建满心激动地等待着，却发现莫诗陷入了沉默。

“你不想看看自然之谜是怎样形成的吗？”莫诗的声

音提高了一些，不等郁建回应，就迅速按了一个绿色开关，于是一根细长的金属棍从天花板缓缓降落，金属棍顶端固定着一个蝴蝶形状的剪纸模板。郁建看到图案投影在二维世界中一块较为平坦的地方，不久就吸引来一群困惑的生物。它们在投影四周不安地挥舞着鞭毛，用触手敲击地面，好像在传递信息。不久，越来越多的生物从四面八方涌来，组成一支有秩序的队伍，似乎在准备一场声势浩大的祭典。郁建忍俊不禁："这简直就是二维世界的麦田怪圈！"他扭头看了一眼莫诗，却发现好友咬着嘴唇，双拳紧握，眼睛里像着了火。

"你……你怎么了？"郁建感到莫诗一直压抑着一股狂躁，确切地说，是一种失魂落魄的悲哀。他从未见过莫诗像现在这样反常，"莫诗，你到底怎么了？"

突然间，莫诗咆哮起来："这些蠢货！这些该死的低等动物，你们死都不知道是怎么死的！"他的双手像弹钢琴一样在按钮墙壁上敲着。

天花板上的每一块砖都开始活动，从砖缝里伸出许多奇形怪状的器械，有的像琴弦，有的像沙槌，还有的像音叉。它们有规律地振动着、旋转着、碰撞着，组合成阴森分裂的小调和弦。渐渐地，声音越来越高、越来越细，超出了听觉范围。顿时，二维世界中大地震颤、山峦崩塌、碎石飞溅、水流翻滚。生物们惊慌失措地逃窜，它们笨拙的躯体贴着翻涌的地表爬行，企图寻找避难所，但所有努力全是徒劳，因为连一丝风都足以令它们命丧黄泉。它们精心修造的建筑正在坍塌，它们苦心经营的文明正在崩溃。很多成年生物用柔弱的身体裹住幼崽，但下一轮波动让它们在顷刻之间同归于尽。

“你在干什么？住手！它们会死光的！”郁建好不容易才从震惊中回过神来，可莫诗仍然弹奏着按钮。无数山峰沟壑已面目全非，只有世界正中那个漆黑的曲面如同一口无穷深的井，向外逸散着噩兆。郁建听不到轰轰隆隆的坍塌声和撕心裂肺的求救声，但寂静中永不停息的按钮咔嗒声更让他毛骨悚然。周围橙色的光线和缭绕的烟雾化作死亡的讯息，而他却对这近在咫尺的屠杀无能为力。

“你怎么这么残忍！你不可以这样，毕竟它们是一条条生命啊！”

“为什么不可以！”莫诗冲着郁建尖叫，“这些愚昧的生物和它们低等的宇宙是那么不堪一击，它们没有自由，它们除了充当任人操纵的实验品和泄愤工具外，还有什么用处呢？你同情它们，又有谁会同情我们呢？你想想，难道我们遭受的山崩海啸都是天经地义的吗？有哪一次自然灾害是在遇到死人时戛然而止的？你不要自作多情了！”

“我自作多情？我不明白，你别说胡话了！”郁建急得去抓他的手。

“我没说胡话，你放开！”莫诗停了下来，吃力地喘着气，“你不懂，你们所有人都不懂！你以为地球本应绕着太阳做周而复始的椭圆运动吗？你以为太阳系、银河系乃至整个宇宙围绕中心黑洞所做的旋转是理所当然的吗？不！你被所处的空间精心营造的完美翘曲欺骗了！是质能的分布让你轻信了本来在四维世界中直线运动的星体在三维空间中的弧线轨迹是那么真实。我们统统被三维世界这张永远无法逃离的大网紧紧束缚着，如笼中之鸟般愚昧自负，心安理得地生活了一世又一世，却永远不知道冥冥之外的窥探和操纵，不知道现今的一切只不过是一出皮影戏而已！”

“难道……”郁建不敢相信，他不愿相信莫诗暗示的一切，一种醍醐灌顶后的绝望令他双腿发软，他的大脑停止了思考，耳畔回荡的只有莫诗越发微弱的声音：“既然我可以改变这个世界，那么我也可以用一种看似正常的方式，毁了它。”

“你的意思是……不！莫诗！”郁建觉得心脏一下子

堵到了喉咙，里面的血液正在被安静到恐怖的跳动声缓缓抽干。他不能相信，但直觉逼迫着他必须相信，他和莫诗在这间封闭到令人窒息的实验室中所看到的和交谈的一切都赤裸裸地暴露在冥冥之外的监视下！也许他们正如小丑般被洋洋自得的高等生物不屑一顾地戏谑着，而且更致命的是他们的处境十分危险。

“快……没时间了，”豆大的汗珠顺着莫诗青筋暴出的额头迅速滑落，他捂着胸口，五官因为抽搐而可怖，“我的时间不多了，不光是我，我苦心经营的一切都将化为乌有，所以你必须逃出这里。你是我唯一的证据，快……”

“别！等等！你这不是在害我吗？你还没告诉我们的开关在哪里！开关！莫诗！”郁建不顾一切地喊着，摇晃着好友渐渐僵硬的身体，莫诗伸到半空指向墙壁的手也许只差一点，却没能指向任何按钮。郁建只觉得整个房间开始沉闷地颤动，幻化的光线和弥漫的蒸汽翻滚着二维生物密密麻麻爆裂的残体。按钮，成百上千的按钮就像无数剥离眼眶、鲜血淋漓的眼珠，整堵墙壁就像千疮百孔的内脏，旋转着朝他狞笑。“不！”他扑上去疯狂地按着、用拳头砸着，指甲戳出了血。五光十色的射线不断从墙缝中飞出，割裂着二维世界的幕布。屋顶开始崩塌，郁建感到脚下奔突的烈焰如困兽般冲撞，令他的身体剧烈摇晃。他竭尽全力撞向入口处那扇沉重的拱门，声嘶力竭地哀号、乞求，但一切都无济于事。当强大的地狱之火终于冲破四壁奔涌而入，一切秩序与混乱、希望与绝望都在瞬间被吞噬得片甲不留。

几天后，各报纸刊登了如下新闻：

“位于本市市郊一座处于休眠期的未知微型火山于十五日子夜突然爆发，爆发规模和岩浆覆盖范围极小，且持续时间短暂，这在火山爆发史上实属罕见。据悉该地区原址为一所精神病医院，于六年前弃置不用，故人迹罕至，此次火山爆发应不会造成严重损失。有关伤亡人员统计，以及这座火山为何在当年绘制地图时被遗漏等详情，有关部门正在调查之中，敬请广大读者关注。”

【注】只要物质有质量，光线就会依照它周围的引力场改变光路。有时来自背景星系的光线被弯曲得很厉害，因而就会在前景大质量星系团的周围看到其多个像，这就是所谓的“引力透镜效应”，而那些虚拟的像则被称为“宇宙蜃景”。

初稿：1996 年 11 月
二稿：2000 年 10 月
终稿：2015 年 6 月